NOVOS casos surpreendentes de mediunidade

EME
EDITORA

Edição e Distribuição:

E D I T O R A

Caixa Postal 1820 – CEP 13360-000 – Capivari-SP

Fone/Fax: (019) 491-3878

Francisco Pessolano Júnior

NOVOS casos surpreendentes de mediunidade

— 1997 —
Capivari-SP

Novos Casos Surpreendentes de Mediunidade
Francisco Pessolano Jr.

1ª edição – dezembro/1997 – 3.000 exemplares

Capa:
Matheus R. Camargo

Ilustração:
André Bueno

Diagramação e Arte-final:
Editora EME

Ficha Catalográfica

Pessolano Jr., Francisco.
Novos casos surpreendentes de mediunidade. Francisco Pessolano Júnior; Ilustração: André Bueno; 1ª edição 1997, Editora EME, Capivari-SP.
130 p.
1. Contos espíritas - Mediunidade.
2. Espiritismo - Fenômenos mediúnicos

CDD 133.9

Índice

Prefácio

> "... graças te dou a ti, Pai, Senhor do Céu e da Terra, porque ocultaste estas coisas aos sábios e entendidos e as revelaste aos pequeninos..."
>
> *(Mateus, cap. XI, vers. 25.)*

É com muita alegria que volto a descrever, aos leitores ávidos de notícias de Além-túmulo, outros casos surpreendentes de mediunidade, os quais somam cinqüenta e foram observados entre os anos de 1963 e 1981. Mas, porque este número demanda maior espaço, limitar-me-ei à exposição de apenas vinte, prometendo reservar os demais a uma nova série.

Disponho-me, agora, a subordinar os episódios a títulos que lhes correspondam aos próprios assuntos.

Quem me concedeu a honra de ler a obra anterior, lançada pela mesma editora, em dezembro de 1992, deve estar instruído quanto à nomenclatura e à ordem dos fenômenos catalogados nesta, e, desde que os reconheça como uma voz de alerta sobre a nossa conduta diária, na Terra, entenderá o meu propósito de guiá-lo até à última página sem fastio ou indiferença...

De acordo, sempre, com o texto evangélico: "Seja o teu falar, sim, sim; não, não", eis-me pronto a dar prosseguimento às narrativas.

Possam, elas, fazer-se úteis às almas simples, hoje e amanhã, por valiosas lições do Mundo Espiritual, e descansarei em paz, ainda que sob a noite enorme das misérias humanas...

Deus nos abençoe a todos...

Francisco Pessolano Júnior.

Jundiaí, 23 de março de 1995.

O "mistério" do feijão

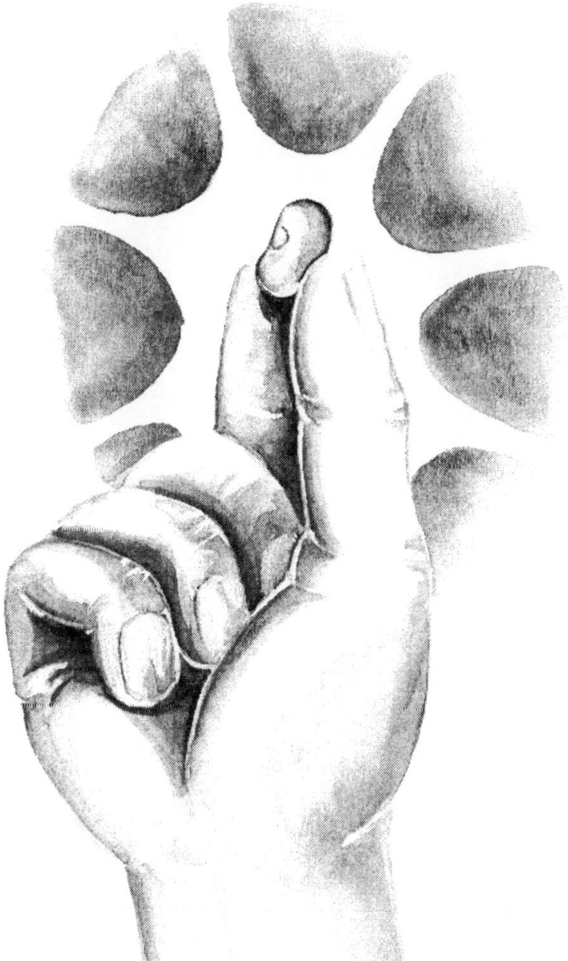

Em 1929, conforme declarei na obra de estréia, "passamos a morar definitivamente em Jundiaí, numa casa moderna, construída por meu pai, na Vila Progresso".

Em 1936, com dezessete anos, já afastado das aulas do Ginásio Rosa e enquanto aguardava os dezoito, idade que me ensejaria emprego na São Paulo Railway Company, toda a minha faina se limitava a algumas obrigações domésticas, ao exercício de vários esportes, a recordar o que aprendera na escola e a desenvolver-me na arte musical.

Certa manhã, atento ao preparo do almoço, a fim de ajudar à madrasta àquela hora ocupada em suas compras num empório, dou-me ao mister de joeirar feijão.

Naquele tempo, um de meus jogos favoritos era o da fubeca.

Subitamente, ocorre-me ajeitar entre os dedos, um dos grãos sujeitos à escolha e atirá-lo ao teto. E sem perdê-lo de vista, percebo que, depois de quase atingir as telhas, ele descreve uma curva excepcional, à direita, e vai entrar num furo de prego, na parede encostada ao fogão, a uns cinco metros do solo.

— Hum... como aconteceu isso? — interrogo-me, atônito.

— Que eu tentasse mil vezes, essa façanha... falharia sempre!

E largo a peneira sobre a pia, corro ao quintal, tomo de velha escada, debaixo de um alpendre, passo-a através da janela e, tão logo retorno à cozinha, subo, ligeiro, uns sete degraus...

— Preciso ver, de perto, esse fenômeno! — reflito, ansioso.

— Cuidado! Escorregou... bumba! — adverte-me alguém. É o nosso papagaio, que despertara de seu cochilo, em gaiola suspensa a dois palmos de distância.

— Cale-se, dorminhoco. Sei o que faço — repreendo-o, a fingir-me bravo.

— Louro é amigo... — volve o abelhudo. Mas, afinal, aquieta-se.

Avanço um pouco mais e, ao aproximar-me do orifício...

— Oh... não! Custa-me crer... como pode o faséolo meter-se aí?! E apertado! Parece que misteriosa mão o empurrou, propositadamente, ao fundo! É outra confirmação de que as almas dos chamados... "mortos" procuram comunicar-se com os "vivos"! Mas, quem seria esta? — ponho-me a pensar...

— Que faz você, Chico? Por que trouxe a escada aqui? — ouço, quando me resolvo a descer. É a voz da madrasta que surge, de surpresa, à porta.

— Eu... eu investigava...

— ... investigava o que, por exemplo?

— Um fenômeno esquisito. Arremessei um grânulo daquele cereal, à toa, para o alto e ele foi enfiar-se num buraquinho, lá, na parede, como...

— ... como somente um fantasma o faria, quer dizer? Que absurdo!

— Louro disse: escorregou... bumba!

— Até o papagaio zomba de você. Leve esse trambolho de volta ao barracão e trate de continuar sua tarefa.

— Sim... sim, senhora — tartamudeio, azafamado.

Ela era católica, desde criança, e repudiava a crença nos Espíritos.

Contudo, os visitantes do Além jamais me deram sossego. Que desejavam de mim? Tal resposta ser-me-ia dada apenas vinte anos depois.

Hoje, por misericórdia divina, sob a proteção deles e orientado pelas obras de Allan Kardec, Emmanuel, André Luiz, Gabriel Delanne, Léon Denis e muitos outros autores, ocupo uma vaga humilde, na seara mediúnica. E, ao lembrar-me do fenômeno do feijão, entendo que foi este um dos meios utilizados por um dos meus Guias Espirituais para me prevenir das próprias responsabilidades, nos campos da vida, em nome de Jesus!

A ameaça oculta

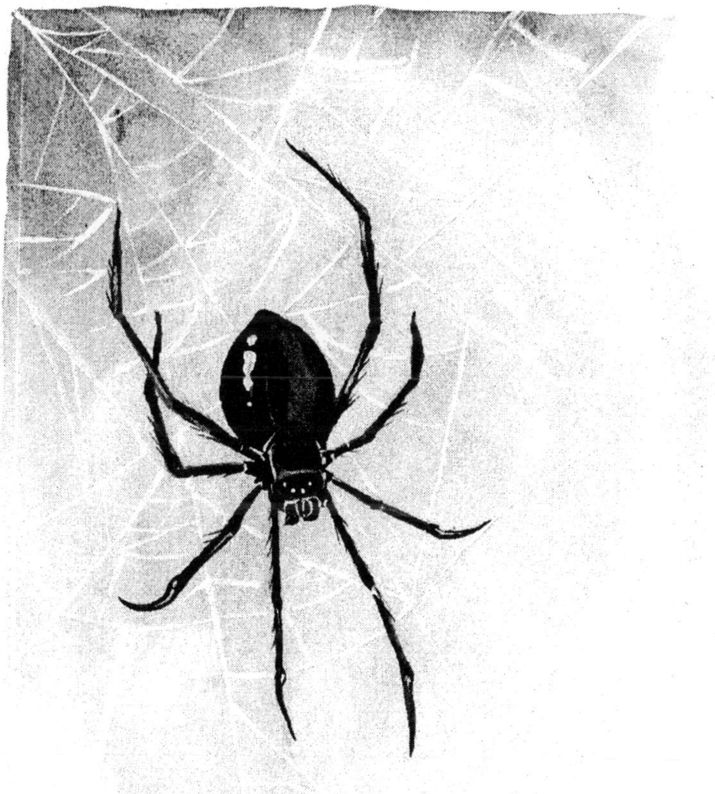

Na véspera de Natal de 1940, (morávamos na rua Barão do Rio Branco), eu e Marcílio Merchiori, grande e saudoso amigo, desencarnado jovem e solteiro, em 1948, fanáticos por cinema, combinamos um dos nossos habituais encontros à noite, no Cine-Teatro-República, da Vila Arens. Estava em cartaz a exibição de uma fita sobre os primórdios do Cristianismo.

A peça, de longa metragem, terminou tarde. Eram mais de vinte e três horas quando cheguei em casa.

Depois de haver escovado os dentes, vesti o pijama e deitei-me, às escuras. Mas, as cenas da tragédia se me desfilavam aos olhos, nítidas, aterradoras, principalmente as últimas, as do julgamento iníquo de Jesus, do seu holocausto no Gólgota e do martírio dos cristãos no Circo de Roma. E ao alvoroço dos fariseus, das hostes de César e do povo, chegavam-me à oitiva as blasfêmias de uns e os soluços de outros... E eu não podia conciliar o sono.

— Covardes! Perversos! Odeio-vos, Caifás, Tibério, Pôncio Pilatos, Judas Iscariotes! Que Deus vos cobre caro esse crime hediondo! — resmunguei, tomado de indignação.

No entanto, a sombra ao redor se tornava mais densa e ia ofuscando, a pouco e pouco, os detalhes do episódio medonho.

Nisto, comecei a escutar um som de alerta, vivaz, insistente, muito próximo: psiu! psiu! psiu!

Surpreso, pus-me de pé, num salto e acendi a lâmpada.

— Oh... que perigo! Uma aranha enorme, na parede, quase à cabeceira do leito! Quem me avisou dessa ameaça oculta? Creio que foi um Espírito benévolo! Devo-lhe, talvez, a vida! Deus o abençoe! — murmurei. E, de imediato, servi-me de um chinelo para esmagar o "monstro", que não teve como escapar-se. Puxei a cama e pude vê-lo morto, no soalho. Seu aspecto era impressionante! Provocava-me arrepios! Tomei de uma vassoura e o removi de lá.

— Acho que não há mais nenhum bicho traiçoeiro igual a este, por aqui — pensava. Todavia, dei-me pressa em examinar todo o quarto, antes de cair nos braços de Morfeu. O fenômeno, embora, também, desagradável, desviou-me a atenção da história cinematográfica. E, finalmente, dormi, em paz.

Dezesseis anos mais tarde, soube que o autor do aviso a respeito da aranha, foi o meu abençoado Guia Espiritual Irmão Alves.

Sonho e realidade

Corria o ano de 1943.

Estávamos na mesma casa da rua Barão do Rio Branco.

Duas ou três vezes por semana, inclusive aos sábados, dava-me ao prazer de visitar um jovem paralítico, de modesta família residente na Vila Progresso, a quem muito me afeiçoara desde 1941.

Luiz Tozzo, (este o seu nome), tocava violão e eu, violino.

Durante os nossos encontros, permutávamos acordes dos instrumentos, alheios ao avanço das horas.

Seus pais e irmãos (três moças e um rapaz), dispunham-se a ouvir, alegres, o "concerto", por observarem que Luiz ganhava ânimo incomum, em todas aquelas ocasiões. Pois nunca o surpreendiam a queixar-se contra o fato de permanecer com as pernas imobilizadas, no leito, já pelo espaço de dez anos.

Sua mãe, sempre amorosa e prestativa, obrigava-nos a uma pausa, oferecendo café e biscoitos ao grupo, em grande bandeja de cristal.

Até então, ninguém ousaria supor que uma nuvem de mau agouro nos reservasse maior tristeza. Pois foi o que aconteceu... Poucos meses após, ei-los a receber da Inspetoria da Saúde, um comunicado extremamente doloroso: os filhos menores, em idade escolar, precisavam de internação imediata no Sanatório de Pirapitingui!

De onde lhes proviera o contágio do mal de Hansen?

Mistério!

Mais este infortúnio modificou o aspecto psicológico da família Tozzo. No entanto, continuei a visitá-la. A genitora de tão infelizes criaturas, chegou a segredar-me, com voz repassada de angústia: — Eu não tenho mais lágrimas. Resignei-me à sorte que Deus nos reservou. Seja feita a Sua vontade!

Seu esposo, mudo, mantinha-se a cuidar da higiene e do conforto de Luiz.

Passaram-se outros meses... Em maio de 1944, caí, também, de cama, forçado por velha amidalite que se agravou e me impôs longo período de convalescença.

Numa quarta-feira, um colega de serviço me trouxe infausto anúncio: — Luizinho piorou... Os médicos o desenganaram. Restam-lhe apenas alguns dias de vida.

— Quê?! Oh... não! — exclamei, consternado.

— E onde ele está? Num hospital?

— Em sua casa, mesmo. Sem esperança. Você irá vê-lo?

— Sim... sim, e já!

— Pobre companheiro! Como tem sofrido! Um santo! Estive lá, ontem. Pediu-me que...

— ... que me avisasses. E tu, seguir-me-ás?

— Hoje, não posso. Minhas férias terminaram.

— Entendo, e sou-te grato pela notícia.

— Nada me deve. Agora, preciso retirar-me. Começarei a trabalhar às nove em ponto. Até logo.

— Deus te abençoe.

— E que você recupere a saúde, em nome do Mestre Jesus!

Quinze minutos depois, fui encontrar Luiz em péssimas condições. Pálido, trêmulo, a barba crescida, tomava uma sopa segurando a colher com dificuldade enorme.

— Chico! Recebeste o meu recado! Que bom! Eu receava partir deste mundo, sem dizer-te adeus! — murmurou ele, pausadamente.

— Ora, ora... Creio que há um certo exagero no seu modo de falar, amigão.

— Tomara fosse como dizes. A pólio ameaça paralisar-me o corpo inteiro!

— Resguarde-se na fé. Eu, por exemplo, confio no poder e na misericórdia do Criador. Amanhã, submeter-me-ei a uma intervenção cirúrgica, em São Paulo, mas, tranqüilo...

— Qual é o teu problema?

— Amidalite.

— Auguro-te êxito, na prova.

— Obrigado. E breve retornaremos às nossas festas.

Súbito, sua mãe adentrou o quarto a fim de recolher o prato, e, ao sair, enviou-me, em silêncio, um olhar de melancolia e desamparo.

Consultei o relógio.

— Hum... onze e quarenta!

— Vai, Chico. É tarde! Se eu morrer antes de nos avistarmos

de novo, zelarei por ti.

Dei-lhe, comovido, um beijo na fronte.

— Não perca, jamais, a fé em Deus e em Jesus. Ainda nos veremos, em melhores circunstâncias...

Luiz ensaiou um sorriso e deteve-se, de olhos fechados, predisposto ao sono, agitando a mão direita, em sinal de despedida.

Quinta-feira, cedo, sob a custódia do genitor, fui operado no Hospital Santa Catarina, onde permaneci até a segunda.

De volta ao lar, esperava, impaciente, o termo do indispensável repouso, para rever o amigo. Contudo... sobreveio insólito transtorno: uma dor cruel, no lado esquerdo da garganta, impedia-me a deglutição.

Na quarta-feira posterior, quase em jejum, debilitadíssimo, passei a inspirar sérios receios aos familiares.

— Urge levar-te ao Dr. Sílvio Ognibene! — declarou papai, acrescentando:

— Esse teu caso me parece um tanto esquisito!

Ao entardecer, entregava-me à apatia, sentado numa poltrona, junto à mesa da sala de jantar, imóvel, quando soube, pela minha madrasta: — Afinal... Luiz faleceu!

— Luiz... morto?! — gaguejei, estupefato. O golpe do aviso me apanhara como uma descarga elétrica! Porque, naquele tempo, a continuação da vida, além do túmulo, era-me algo nebuloso, embora houvesse constatado centenas de manifestações de Espíritos, desde a infância.

— É verdade. E o enterro será realizado às dezessete horas. Vamos até o meio da rua. De lá veremos o cortejo fúnebre de passagem na alameda Vigário João José Rodrigues... — repôs a madrasta.

— Vamos... — anuí, maquinalmente.

E foi assim que acreditei no epílogo do irremediável drama de Luiz Tozzo.

À noite, logo após o banho, fui deitar-me, a gemer, sob dupla dor... — moral e física. Mas busquei socorro numa prece:

— Pai Nosso que estais no Céu... Santificado seja o Vosso nome. Venha a nós o Vosso Reino. Seja feita a Vossa vontade, na Terra como no...

A estafa, originária da fraqueza orgânica, cedeu lugar a uma progressiva hipnose. Suspirei fundo e perdi a consciência. Todavia, o colapso facultou-me a entrada na esfera dos sonhos...

— Esse violino é obra de alguém muito hábil! Não é perfeito?

— Construído a mão?! Esplêndido!

— Ganhei-o do próprio manufaturador! Um presente de luxo, hein? Queres experimentá-lo? Afina-o pelo meu violão. Dar-te-ei as notas sol, ré, lá e mi.

— Está bem, mas, devagar.

— Pronto?

— Pronto. Afinadinho. Porém, não creio que possa tocar alguma coisa. Ainda me dói o lado esquerdo da garganta, de onde me foi extraída uma das amídalas.

— Ora... não te inquietes. Sola uma valsa das tuas.

— Qual?

— A que escreveste para mim.

— Tentarei.

— Ótimo!

— Ai! Ai... Não consigo apoiar o violino sob o queixo! Tenho a impressão de que um ferro em brasa me lacera a carne...

— Tu me decepcionas! Hás de sair-te a contento! Começa de novo — suplicavam-me o...

— Não dará certo... Ui! Ui! Desisto. É inútil, Luiz. A dor é insuportável! — tornei a discordar, sentando-me, desolado, numa cadeira, próximo de sua cama.

— Chico! Não esmoreças! Executa a valsa! Eu te imploro! — teimava ele, a agitar-me o braço direito.

— Chico! Ó Chico! Desperta! Que é isso?

— Era meu pai, a sacudir-me, também, o mesmo braço. Encarei-o, estremunhado.

— Olha, o travesseiro! Tiveste uma hemorragia! Corres perigo!

— Hã?! Por quê?! Acalme-se, papai. Estou me sentindo melhor! A dor desapareceu! — redargui, consciente e jubiloso.

— Tens certeza, filho?

— Absoluta. Graças a Deus! Hoje, vou suprir o estômago a valer!

— Hum... Nesse caso, só há uma explicação para a dor que te incomodava: ficara um pouco de sangue acumulado em qualquer veia e o movimento circulatório, pressionando, sempre, o coágulo, acabou por afastá-lo do caminho. Daí o surto hemorrágico, aliás, oportuno.

Rimos, sossegados. E, enquanto a madrasta, igualmente em paz, providenciava a limpeza da fronha e do lençol, deixamos o quarto, ele, para atender ao seu mister de fotógrafo e eu para entrar no chuveiro.

Abstive-me de contar-lhes o fenômeno do sonho. Não dar-me-iam crédito.

Mas, a meu ver, fora de ordem espiritual.

— "Se eu morrer, antes de nos avistarmos de novo, zelarei por ti..." — dissera-me Luiz, no seu leito de provações imensas. E... cumpriu a palavra!

O poder da fé

Em julho de 1940, “fomos residir numa casa de oito cômodos, alugada, na rua Barão do Rio Branco, perto da agência ferroviária”.

Apesar da reincidência dos fenômenos espirituais, eu me fizera católico praticante.

Em dezembro de 1943, Glauco, meu irmãozinho de apenas um ano e seis meses, ficou gravemente enfermo, com sintomas de febre, cólicas hepáticas, fluxos disentéricos e vômitos, rebeldes a qualquer tratamento. Após uma semana sob os desvelos de um pediatra, depauperado, a gemer e a chorar, quase afônico, no berço, olhos postos na mãe que o embalava, sempre, sentada à beira da própria cama, punha-nos a todos em contínuo desespero.

Na antevéspera do Natal, logo de manhã, fui encontrá-los em pior situação. Ele, inerte, lívido e mudo, como um cadáver. Ela, desfeita em soluços, exaurida por várias noites de insônia, a lamentar-se:

— Ai! meu filho... meu filho! Está morrendo!... Que infortúnio! Eu não me conformo!

Conquanto a cena me abalasse, também, até às lágrimas, procurei disfarçar o estado íntimo, e, com o propósito de encorajá-la, disse-lhe:

— A senhora não deve ceder ao desânimo! O que para os homens é impossível, nunca o é para Deus!

Dona Duzolina fitou-me, ansiosa e respondeu:

— Se você acredita em milagre, é a única pessoa, nesta casa, em condições de pedir esse, ao Pai! Ele só ouve as preces de quem Lhe dá provas de calma e confiança. Eu tenho a cabeça confusa e o coração angustiado... Que poderia fazer? Vai, Chico, rogue-Lhe, em nome do Mestre, a cura do nosso doentinho!

Não esperei mais. Saí do quarto e, dez minutos depois, genuflexo, num dos bancos do templo, dirigi-me diretamente a Jesus:

— Senhor! Eis-me perante Vós, para suplicar o socorro de que se faz merecedora uma criança! Estou certo de que nos haveis acompanhado as crises de angústia em torno dela e sabeis como livrá-la da morte! Bastará um toque da vossa abençoada mão em sua fronte e a saúde lhe há de ser, outra vez, o maior tesouro da vida! É com profunda humildade que me atrevo a confiar na outorga desta alegria, a qual desde já vos agradeço! Amém!

Ao termo da prece, convicto de seus efeitos e animado, pus-me de volta ao lar, onde novo quadro se me apresentou à visão: Glauco, na sala de jantar, disposto, entre diversos brinquedos, agitava-se, feliz!

— Glauco! Meu anjo! Graças a Jesus! Como é bom ver-te de regresso às tuas traquinadas! Vem! Quero abraçar-te, sentir o teu calor! Vem dar-me esse prazer, maroto! — exclamei, eufórico.

Ele, contudo, sorriu-me, sem largar os objetos de seus

entretenimentos.

— Chico! Não é inacreditável? — chegou dizendo a madrasta, da copa, a enxugar um tigela.

— O menino sarou de repente! Não quis mais permanecer em repouso. Exigiu a mamadeira e, assim que a tomou, pôs-se a correr a casa toda, em busca do boneco, da bola, dos soldadinhos de chumbo e... aí está! Desapareceram-lhe a febre, os vômitos, a disenteria, as dores e a palidez, como por encanto! — externou ela, emocionada.

— E.. a quem devemos essa felicidade? A Jesus! — obtemperei.

— É... em atenção aos rogos...

— A fé remove montanhas, é uma das sentenças evangélicas.

— No entanto, à míngua de força e de coragem...

— ... nas horas difíceis, damos mais crédito às drogas farmacêuticas... — aduzi.

— É óbvio que não podemos dispensar os recursos da Ciência humana, ainda; mesmo porque Deus no-los permite... — repôs dona Duzolina, a contemplar o filho, enternecidamente.

Nesse comenos, soou a campainha da porta. Era o médico, de visita ao "enfermo" e que, ao entrar, recebido por nós, deteve-se, pasmado.

— Ué! O moleque...

— Sim, doutor, recobrou a saúde!

— Que milagre!...

— Boa definição: um milagre!

— Ah! E... de quem? — volveu o esculápio, irônico.

— De Jesus! — redarguiu a madrasta, em tom peremptório.

— E... qual foi o remédio indicado?

— Seu Amor, em dose única.

— Só?!

— Acha pouco?! Leia o Evangelho, no qual os apóstolos narram as curas efetuadas por Ele... Quantos leprosos, cegos, coxos, paralíticos...

— Desculpem-me a franqueza. Duvido de tais prodígios. Sou ateu e...

— Ateu?! O senhor nos aturde! Age como um verdadeiro cristão, ao cuidar de numerosos clientes!

— Obrigado. Cumpro o meu dever, esforçando-me por ser fiel a um juramento. Aliás, observo: ninguém precisa acreditar em Deus ou em Jesus, para dispor-se ao exercício da caridade...

— Hum... há muita lógica nessas palavras! — intervim, surpreso, enquanto o médico examinava o pequeno e lhe introduzia um termômetro debaixo do braço direito.

— Não se mova, nem mexa nisto, parceiro. Dentro de dois minutos eu o deixarei à vontade. Certo?

Glauco obedeceu, como se tivesse compreendido a ordem, pois aquietou-se, assentado nos calcanhares.

— Então, jovem, concorda comigo?

— Claro, doutor. E ajunto: maior é o mérito de quem ama o próximo, auxiliando-o sempre, longe dos santuários, alheio a qualquer recompensa...

— Tal é o testemunho legítimo de solidariedade humana.

— Mas, se professarmos uma doutrina e dóceis à Lei de

Amor, soubermos atender à fome de luz e pão dos relegados à sombra das favelas ou à vergonha nas praças, estaremos exemplificando uma conduta humanitária, mais proveitosamente... — interpôs minha madrasta.

— Correto! — assenti, bendizendo-lhe a argúcia.

— Respeito-lhes a fé nesse princípio. Afinal, o que nos convém, de fato, é trabalharmos, unidos, sob os ditames da consciência, a favor dos que sofrem... Talvez, um dia, os homens responsáveis pelo governo de todos os países, encontrem a solução dos desajustes econômicos e nos dispensem da tarefa de remediar as conseqüências do regime atual...

— Oxalá! — completei.

— Ui... este "negócio" "tá" me "judiando". Ui, ui... — Era Glauco a protestar contra a sua posição incômoda.

— Adivinhou, parceiro. Já é tempo de consultar o termômetro — acudiu o médico, sem conter uma gargalhada.

— Que "peludo", hein? Trinta e seis graus! Orgulho-me de você, garotinho. Mas requer, ainda, alguns cuidados da mamãe, porque perdeu peso e ...

— Providenciarei para que não lhe faltem leite, mingau de aveia, frutas, água mineral, etc. E hoje ele vai saborear uma canja suculenta. À tarde, repousará.

— Ótimo! Em menos de um mês ficará forte como um bezerro!

— Sem dúvida!

— Isso me alegra, e, pois, sem ter mais o que fazer aqui, despeço-me. Neste momento, muitas crianças devem estar à minha espera, no ambulatório.

— E... o seu trabalho?

— Nada lhes cobrarei, além da amizade.

— Gratíssima! Sua atitude nos emociona.

— Até a próxima vez e que seja esta por outro motivo.

— Até lá. Desejamos ao senhor e aos dignos familiares, um Feliz Natal!

— E um Próspero Ano Novo! — acrescentei.

— Embora ateu, o mesmo lhes auguro — disse o doutor, delicadamente.

Cinqüenta e uma voltas deu a Terra, em torno do Sol. Todavia, lembro-me deste episódio, como se o mesmo houvesse acontecido ontem. Habilitou-me a entender que o poder da fé se faz sentir em qualquer meio religioso. Não constitui privilégio de ninguém, porque, o Criador, o Mestre e os Bons Espíritos estão em toda parte, zelando por nós, indistintamente!

A garrafa

Os fenômenos que desta página em diante passarei a relacionar, foram observados ainda na casa do Grupo 18, do INPS, no bairro "Maria Genoveva", ou "Agapeama".

Em agosto de 1956 (dois meses após haver-me decidido ao trato das faculdades mediúnicas), ocorreu-me o uso de qualquer fortificante, embora sem receita médica, a fim de "recuperar as forças..." Meu esgotamento orgânico era ilusório, mas não deixei de comprar um vidro de Biotônico Fontoura, cuja fórmula contém certa dose de álcool. E comecei a tomá-lo de acordo com as indicações do rótulo. A historieta de propaganda que Monteiro Lobato escreveu sobre o "caso" do Jeca Tatu, inspirou-me confiança no produto.

Dez dias mais tarde, percebi graves distúrbios no estômago, originários, talvez, de excessos à mesa...

Até então, fazia pouco tempo que renunciara aos aperitivos fortes, bem como à cerveja (estranhamente considerada diurética e saudável!).

Porém, de quando em quando, o vício me tentava, a alvitres de retorno ao seu império nefasto. Só o Evangelho e os Mentores Espirituais me resguardavam, sempre, de sua influência...

Por uma bela manhã de sábado, entro, indisposto, na cozinha e vejo o frasco daquele remédio à porta de pequeno armário, suspenso, onde costumava mantê-lo ao abrigo das crianças. E pondero: nunca mais provarei uma gota desse medicamento! Acho que o meu fígado opõe-se à ingestão de qualquer dose de álcool!

Nisto... uma garrafa vazia, de refresco, na qual eu não tinha reparado, e que se encontrava de pé, na pia, tomba, devagar, sobre a laje da mesma e permanece imóvel. E o fato me surpreende, porquanto uma voz, do Além, explica a razão do fenômeno:

— Estou satisfeito! Mudaste de idéia relativamente a essa "beberagem". Sim, ela é imprópria para o teu "caso". Mas, piores são as comercializadas sem controle nos bares e hotéis, com altos teores alcoólicos. E por saber-te ainda saudoso de experimentá-las, resolvi despertar-te da alucinação e... deitei a garrafa na lousa da pia. Afinal, todos os vasos de gargalo, cheios ou não, sugerem o incremento das indústrias de Baco. E quem se deixa iludir por suas ofertas, é sempre alvo do interesse das sombras...

Entendeste?

— Perfeitamente! — respondo-lhe, aturdido.

Já antes me alertara o autor destes conselhos, aliás, Irmão Alves, do fenômeno "reflexo condicionado": "O homem que foi, por exemplo, alcoólatra, numa existência, está sujeito a reincidir no mesmo erro, em outra, desde que prove o primeiro gole de cachaça ou qualquer bebida do gênero..."

E, grato a ele, a quem devo tantos cuidados, concluo este capítulo, dizendo: QUE O DIVINO MESTRE VOS ABENÇOE!

Um fato estranho

Em dezembro de 1957, pouco antes do início de uma das reuniões da diretoria do Centro Espírita "Bezerra de Menezes", as quais eram efetuadas no terceiro domingo de cada mês, das nove às onze horas, Osvaldo Rossi, administrador das finanças e um modelo de conduta cristã, perguntou-me:

— Chico, você conhece as obras do Comandante Edgard Armond?

— Não... — foi a minha resposta.

— Procure ler, principalmente o livro "Mediunidade". Gostará dele.

— Concordo. Mas, por enquanto, estou fazendo, amigo, sérios estudos d'"A Gênese", de Allan Kardec. Logo que terminá-los, comprarei esse... qual é mesmo o seu título?

— "Mediunidade".

— Obrigado. Aprendi muito com "O Livro dos Médiuns". É excelente!

— Sem dúvida. Porém, o daquele escritor não é menos útil. Você verá.

Findo o encontro, a caminho de casa, fui pensando, pensando... — Edgard Armond! É um nome simpático! Deve ter produzido boas obras! Hei de colecioná-las!

E já na segunda-feira, várias delas passaram a ter um lugar de reserva na estante do meu escritório.

Concluída a leitura d'"A Gênese" e ansioso de aproveitar o tempo de férias, numa clara manhã de sol, dispus-me a conhecer o novo autor. Novo para mim. E quando o relógio da mesma sala acabou de bater oito vezes, dei começo a abençoada faina. E foi com sincero júbilo que cheguei ao capítulo 5: — "Mediunidade de prova. Seus aspectos". Entre as páginas 40 e 41, o expositor acrescentava a seguinte nota: "Eis o que a respeito desta forma de mediunidade, diz o iluminado Espírito Emmanuel": — "Os médiuns, em sua generalidade, não são missionários, na acepção comum do termo; são almas que fracassaram desastradamente, que contrariaram sobremaneira o curso das leis divinas e que resgatam, sob o peso de severos compromissos e ilimitadas responsabilidades, o passado obscuro e delituoso. O seu pretérito, muitas vezes, se encontra enodoado de graves deslizes e de erros clamorosos. Quase sempre são Espíritos que tombaram dos cumes sociais pelo abuso do poder, da autoridade, da fortuna e da inteligência e que regressam ao orbe terráqueo para se sacrificarem em favor do grande número de almas que desviaram das sendas luminosas da fé, da caridade e da virtude. São almas arrependidas, que procuram arrebanhar todas as felicidades que perderam, reorganizando, com sacrifícios, tudo quanto esfacelaram nos seus instantes de criminosas arbitrariedades e de condenável insânia".

(...) — "Médiuns, ponderai as vossas obrigações sagradas, Preferi viver na maior das provações a cairdes na estrada larga das tentações que vos atacam, insistentemente, em vossos pontos vulneráveis. Recordai-vos de que é preciso vencer, se não quiserdes soterrar a vossa alma na escuridão dos séculos de dor expiatória".

Etc. etc.

Tais conselhos, depois das regras disciplinares que pude memorizar desde a primeira parte, impressionam-me, e tanto, que os olhos se me encharcam de lágrimas.

— Oh... Deus! Sinto, na consciência, os reflexos de uma aventura inglória, de outras eras! — medito.

— Dai-me forças, para que eu possa resgatar os débitos que acumulei, no passado, contra Vós, contra Jesus e a Humanidade inteira! Eu... eu...

Não consigo dizer mais coisa alguma. De repente, a capa do livro, (de papelão ordinário), arde, como uma folha metálica recém-saída de um braseiro! Suponho-me com as mãos queimadas, a doer... Quase cego, os nervos em desordem, resolvo, de um salto, pôr-me de pé. E, no auge do desespero, arremesso o volume ao solo.

— Hum... que... horror! — tartamudeio, estupefato. Contemplo o livro incólume sobre os tacos do piso, encho-me de coragem, apanho-o, devagar e o restituo à biblioteca.

A seguir, saio à rua, em silêncio, decepcionado, triste, porque um Espírito das trevas me atacara de surpresa.

— Também eu sou uma das "almas que fracassaram desastradamente, que contrariaram sobremaneira o curso das leis divinas e que resgatam, sob o peso de severos compromissos e ilimitadas responsabilidades, o passado obscuro e delituoso" —

penso.

Que fazer, pois, agora? Trabalhar! E trabalhar sempre, pela quitação das velhas dívidas, na Seara do Mestre, ocultando as próprias dores e fadigas, perante o mundo!

Graças a Deus!

Evocação involuntária de um Espírito

Há pessoas que lutam, sofrem e chegam a rebelar-se contra a própria sina, por desconhecerem o móvel de todas as misérias do mundo: não crêem na imortalidade da alma, na reencarnação e na Lei de Causa e Efeito, (esta, conciliadora dos nossos desajustes psicológicos e outros, através dos milênios).

É por isso que persevero na faina de catalogar, ainda, fenômenos mediúnicos, em novas páginas de cunho original, com a esperança de ser útil a todos os irmãos de jornada terrena.

"Ouça quem tiver ouvidos e veja quem tiver olhos" — aconselhou-nos o Mestre.

Um dos fatos que muito me impressionaram, aconteceu por volta de 1958.

Minha irmã Judite, fez-me presente, em oito de julho, de um violão sonoro, da famosa marca "Giannini". Surpreso, agradeci-lhe a dádiva, depondo um beijo em sua fronte.

— Puxa! Faz doze anos que não toco esse instrumento! — disse-lhe.

— A contar de hoje, você voltará a distrair-se, usando o que obteve por ocasião de mais um aniversário, para alegrar, inclusive, os familiares — respondeu-me, ela, amavelmente.

Eis o que houve: eu perdera um "Del Vecchio" adornado de madrepérolas ao redor da boca, também ótimo, adquirido por meu pai, na rua Aurora, na cidade de São Paulo, em 1936, o qual fora arrebentado pela esposa de um amigo a quem o emprestara em 1948. O pobre homem chorou ao me comunicar o desastre. Não tive coragem de exigir-lhe indenização. Perdoei-lhe o descuido.

Num domingo à noite, recém-chegado de Pirapitingui, onde me aprouvera visitar os enfermos, com animada caravana da LBV, tomei do "pinho", ansioso de exercitar-me nos solos, acordes e ritmos.

Lúcia, entusiasta da música, mais propensa às modas sertanejas, sentou-se no mesmo sofá em que eu me entretinha a afinar o violão, na sala.

— Você gostaria de ouvir uma bela valsa de Bôrtolo Brescancini? — perguntei-lhe.

— Quem era ele?

— Um grande colega, ferroviário, desencarnado em 17 de maio de 1950, quando morávamos no porão da rua Brasil. Lembra-se?

— Mais ou menos...

— Foi o meu primeiro e único professor. Escute.

E passei a executar a melodia, carinhosamente. Mas, quase ao termo da segunda parte, violenta explosão, como a de uma bomba, junto aos nossos pés, interrompeu-me o esforço.

— Oh... Deus! que susto! Vou-me embora daqui! — exclamou Lúcia, pálida, prestes a retirar-se.

— Não! Não faça isso! Tenha calma! — protestei, em voz baixa, enquanto procurava reconhecer o inesperado visitante.

— É ele... Bôrtolo Brescancini, quem se acha conosco! Vejo-o perto de mim, sorridente, eufórico, a saudar-nos!

— Por quê?! — volveu a mulher, atônita.

— Conforme diz, os sons da sua valsa o atraíram, propiciando-lhe o despertar de uma espécie de transe hipnótico. Até há pouco, andava ao léu, confuso... Sente-se, querida, sente-se. Ele é gentil.

— Que o senhor Brescancini me desculpe. Estou aterrorizada e lhe rogo permissão para...

— Espere... ele sabe dos temores que você me denuncia, e já nos acena um adeus, não sem agradecer-me por havê-lo beneficiado, libertando-o...

— Jesus o abençoe. Vou subir ao nosso quarto... — repôs Lúcia, a deixar-me precipitadamente a sós.

Demorei-me longos minutos, absorto, a endereçar ao bom amigo do meu tempo de juventude, sinceros votos de amor e paz.

Uma coisa, porém, me intrigava: o motivo do estouro e... como se produzira?

Atento ao meu embaraço, Irmão Alves apressou-se em explicar-me o mistério.

— Chico.

Os estados emocionais das criaturas, em qualquer dos planos em que se detenham, correspondem a graus de sensibilidade psiconervosa, muito variáveis: de acordo com as circunstâncias, podem ser de tristeza, tédio, revolta, indiferença, terror, calma, alegria, assombro, etc. etc. São, pois, indicadores de cargas magnéticas que se exteriorizam, a depender sempre do controle mental. E são, por conseguinte, vibrações nas mais diversas freqüências, a determinar efeitos análogos, nos campos de escolha, por meio de sons, imagens, cores e movimentos.

Quanto ao teu velho amigo Bôrtolo, por exemplo, permanecia apático a tudo, submerso num sonho caótico. A perda brusca do corpo, obliterou-lhe o passado. Mas porque encerrasse, no íntimo, os reflexos da própria individualidade, bastou-lhe perceber os acordes de um instrumento de sua predileção, para recuperar a consciência. E o júbilo de que foi tomado, serviu-lhe de mola propulsora ao afã por reencontrar-te. E movimentou forças poderosas do magnetismo espiritual, ambiente, as quais resultaram no estrondo, aliás, temido por tua companheira.

Simples, não?

— Obrigado, meu amantíssimo Protetor. Deus vos ampare sempre nas vossas tarefas de luz! — murmurei, com profundo respeito.

E, após estas palavras, subi, também, ao quarto, a fim de repousar.

O chicote invisível

Numa noite de quarta-feira, no Centro Espírita "Operários da Verdade", os irmãos Norberto Zollner, presidente; Iolando Rocha, médium psicofônico e passista; um jovem, novato, Lúcia e eu, formávamos um grupo a conversar entre a porta da rua e a que nos dava acesso ao interior do mesmo templo, onde não havia ninguém. Era ainda cedo para o início das tarefas espirituais. A mesa reservada a estas, ao fundo, achava-se exposta, sem toalha.

Em dado momento, o rapaz começou a fazer comentários desairosos a respeito de um dos chefes da indústria na qual exercia o cargo de tecelão. Embora a contragosto, guardávamos silêncio. Mas, seus doestos e queixas, punham-nos agoniados e em desconforto, quando, de repente, fomos surpreendidos por tremendo estalo, semelhante ao de um chicote, sobre aquele móvel. E, de imediato, uma onda magnética, perturbadora, abateu-nos o ânimo, atingindo, em cheio, o médium Rocha, que, trêmulo e transfigurado, pôs-se a falar, de pé, agitando os braços e o corpo, com a ênfase de um energúmeno.

— Que bela corja de falsos cristãos, vejo aqui! Um de vós tem a língua solta, e, no entanto, nem se faz merecedor de censuras! Sois, ou não, melhores do que o rapazelho presunçoso?

Devíeis observar-lhe o caráter, mais profundamente. Ele vos disse que fui membro de uma igreja protestante e, como tal, rebelde ao Espiritismo. Mas esqueceu-se de acrescentar o seguinte: desde que me coube tê-lo sob as próprias ordens, numa fábrica de tecidos, prodigalizei-lhe o máximo de compreensão e generosidade, tolerando-lhe ultrajes sem conta... Perguntai-lhe se é sincero em suas acusações contra mim e... por que me odeia, apesar de saber-me desencarnado vítima de câncer? Sofro muito com as suas mentiras, as quais me frustram os anseios de subir ao Reino de Jesus! Ponde-vos no meu lugar, se quiserdes entender o fenômeno da chicotada naquela mesa... Foi o desespero que se me transformou num açoite magnético, aliás, inoportuno.

Se, de fato, sois espíritas, educai essa "ovelha negra" do vosso rebanho. Eu não tive esse "privilégio".

Adeus. Que a Paz do Mestre esteja convosco.

Respiramos, sossegados, menos o jovem. De cabeça baixa, aturdido, acompanhou-nos, em busca de uma poltrona, a fim de aguardar a hora marcada para as atividades cristãs de sempre.

Outras pessoas se aproximavam, e logo a sala ficou quase repleta...

Este episódio ocorreu em março de 1959.

Reencontro inesquecível

No capítulo também IX, página 48, da obra de estréia, fiz a seguinte observação: "Em 1945, apanhei tão forte resfriado que perdi completamente o já precaríssimo órgão auditivo. Esta prova durou mais de seis meses e me predispôs a procurar conforto nos estudos da poesia."

E acrescento, agora: destes exercícios resultaram muitos versos parnasianos e líricos, os quais, em menos de um ano, foram colecionados em dois volumes. Mas, suponho que o estro se me revelou apreciável num soneto, aliás escrito em homenagem a uma bela jovem a quem me devotara com afeição extrema, em 1944.

Marcávamos ponto de namoro no jardim do templo da Vila Arens, onde fazíamos projetos maravilhosos para o futuro.

Às vezes, demorava-se, ela, a comparecer aos idílios, à tarde, ou à noite, quando não deixava de atendê-los por alguma razão particular, o que me punha deveras apreensivo.

Porém, no mês de agosto, sobreveio um infortúnio: Glória, minha quase noiva, desencarnou, vencida por grave moléstia.

Surpreso e com profundo pesar, continuei a compor, na sala, os meus poemas... Todavia, sob o tique-taque de um relógio de parede, que se assemelhava a uma voz soturna a murmurar: "nunca-nunca-nunca", de acordo com as oscilações do pêndulo. E porque a mola do mecanismo se afrouxasse, pouco a pouco, entre sons metálicos, a sentença era efetivada pelo advérbio "mais". E ficava assim: "nunca, nunca, nunca mais..."

Em outubro, saudoso de Glória e influenciado pelos ruídos monótonos, escrevi:

Esquecer... como? — as cálidas tardinhas...
e nós, de amores, junto a uma capela?(*)
Se demoravas, se, afinal, não vinhas,
punham-me em transe as auras: "E ela? e... ela?"

Esquecer... como? — às sombras já vizinhas
da noite, embora... — sorridente e bela,
quanto cuidaste das tristezas minhas
de que hoje, Deus, ainda me acautela...

Voltarás, Glória? — cismo. E alguém me fala...
E sua voz, a mesma, invade a sala
de onde me elevo a mundos irreais...

É de um relógio o pêndulo em delírio,
que me repete, alheio ao meu martírio,
"que não voltarás, nunca... nunca mais!..."

(*) Substituí a igreja por uma capela para atender à uniformidade das rimas, nos quartetos.

Contudo, a vida me intimava à resignação e, em 31 de janeiro de 1948, casei-me.

E Glória cedeu lugar à Lúcia, nos meus êxtases poéticos.

Onze anos após o enlace, ocorreu-me, na madrugada de oito de julho, um dos fenômenos de bilocação (ou desdobramento espiritual).

Achei-me num grande vale coberto de arbustos floridos, entre os quais divisava estreito caminho de acesso a uma casa de estilo grego, não longe. Havia música no céu, nas aragens, em ocultas fontes, como silêncio numa cadeia de montanhas, à esquerda.

O quadro era paradisíaco!

De repente, uma espécie de ninfa, das lendas mitológicas, veio até mim, desde aquela casa, em trajes de campônia, trazendo um cabaz a tiracolo e cumprimentou-me:

— Salve! Salve, irmão!

— Quem... quem é você, graciosa criatura?

— Oh... não me reconheces? Fui tua noiva!

— Nesse caso... qual é o seu nome?

— Glória. E o teu... Francisco!

— Exato! Mas, se você é, realmente, a moça que tanto amei... está mais linda!

— Efeito deste clima e também porque não sofro o jugo da matéria.

— Espantoso!

— Podes, então, reconhecer-me?

— Sem dúvida!

— Ainda me amas?

— Creio... que sim. Porém, de que nos adiantaria...

— Eu sei, casaste com outra mulher e ela se chama Lúcia!

— É...

— Isso pouco importa... Alegro-me de rever-te. Eu vivia a desejar este reencontro... E tu?

— Eu? Eu...

— Perdoa-me as perguntas. Evitarei novas indiscrições. Mas, devo declarar-te: embora não me assinales a presença, na Terra, ponho-me ao teu lado, sempre que te expandes no culto à arte e... vi quando escreveste o soneto "A voz do relógio", em minha homenagem...

— Agradeço-lhe a honra, contudo...

— ... contudo, cabe a Deus um voto favorável aos nossos caprichos... Esperemos, pois, confiantes... Olha... estas flores!

— São esplêndidas!

— Quero dar-te a corola da que mais te agrade.

— Escolho a de um narciso.

— Tens bom gosto. Ei-la. Conserva-a na palma da mão direita, a fim de que não a percas. É o meu presente de aniversário. É quase nada, mas, ofereço-te, com ela, o próprio coração...

— Obrigado! Guardá-la-ei como um símbolo do nosso grande amor...

— E me farás ditosa... Bem... chegou o momento de nos despedirmos.

— Tão logo?!

— A estrela d'alva há de estar brilhando sobre o teu mundo...

— Entendi. Auguro-lhe felicidades.

— Adeus. Segue na paz de Jesus — ultimou Glória, de retorno ao lar, enchendo, passo a passo o cesto de flores, até desaparecer de vista.

Acordei às cinco horas, com os ecos de seus lábios na concha auditiva e... (fenômeno extraordinário!) como se retivesse a corola do aromático narciso na palma da mão. Abri, devagar, os dedos, esperançoso de tê-la sempre comigo... Puro engano. A flor se esvanecera! Um sinal, talvez, de que não mais voltaria, mesmo, a rever Glória!

Deus a abençoe!

O anão importuno

Se há quem duvide que um Espírito desencarnado possa materializar-se, quando queira, sob aspectos diferentes, com ou sem más intenções, leia o seguinte episódio.

Na manhã de 19 de outubro de 1960, Lúcia me perguntou:

— Chico, você não acha de bom alvitre comprarmos um berço?

— Acho! — respondi.

— O nosso pimpolho faz um ano, hoje, e devemos acomodá-lo em leito adequado.

— De acordo. Ele não deve continuar dormindo conosco. Mas a ti cabe resolver o problema. Eu trabalho e...

— Irei à cidade, antes do almoço, a fim de cuidar do assunto. Ontem mesmo estive especulando os preços de alguns, em diversas lojas. Até que são baratos!

— Então... apressa-te.

E, logo à noite, Adilson Marcos, o caçula, estreava um bercinho de madeira, envernizado e confortável. E como gostou da oferta de aniversário!

Este arranjo foi também proveitoso para Lúcia, porque passou ela a repousar melhor.

Contudo, uma semana após, quase às vinte e três horas, despertei, zonzo e inquieto... O menino chorava, aflito. Quiçá, em protesto contra as fraldas molhadas ou de fome. E a mãe... rendida ao sono. Procurei, à frouxa luz de uma lâmpada acesa à porta do quarto, conhecer a causa do transtorno. Ergui a cabeça e...

— Que é isso?! — exclamei, com assombro.

Havia um anão trepado numa das grades laterais do berço! E era semelhante aos "heróis" do conto da "Branca de Neve", de Walt Disney! E ousava mexer na criança, a tocar suas faces com os dedos, ora da mão direita, ora da outra, abusivamente...

— He! Feioso! Apeia-te daí, rápido! Os teus modos e a tua cara amedrontam o guri e me aborrecem! Deixa-o em paz! — ordenei-lhe, em tom enérgico.

O obsessor obedeceu-me, embora a resmungar, macambúzio. Contornou a minha cama e se deteve a fitar-me, entre irônico e humilhado, a carantonha ainda mais repulsiva.

E eu voltei a censurá-lo:

— Irmão. Por que te entregas a tais absurdos? Teu disfarce não me logra. Sei quem és. Apenas um Espírito viciado no prazer inglório de assustar as pessoas ingênuas e supersticiosas deste mundo. Os gnomos, da mitologia alemã, por exemplo, são ridículos! Qual é, pois, a tua vantagem? Pensa nisto, irmão! Somos todos responsáveis pelos próprios atos! Deus, o Criador, é testemunha dos nossos erros e acertos e nos abençoa as obras úteis. Se... no entanto, preferes a senda escura do mal, que Jesus te proteja!

A estas palavras, sentindo-se desmascarado e desiludido, o anão retomou a sua verdadeira forma, a de um velho mendigo, aliás, e... desapareceu!

Levantei-me, de imediato, e, pé ante pé, fui dar uma espiada no garoto. Ele dormia profundamente, em calma...

Graças a Deus!

O susto

"O Livro dos Médiuns", 49ª edição da FEB, dezembro de 1983 (traduzido por Guillon Ribeiro), capítulo VII, página 150.

Item 3º.

Pergunta Allan Kardec a Santo Afonso de Liguóri:

— "Será indispensável o sono do corpo, para que o Espírito apareça noutros lugares?"

Resposta: — "A alma pode dividir-se, quando se sinta atraída para lugar diferente daquele onde se acha seu corpo. Pode acontecer que o corpo não se ache adormecido, se bem seja isto muito raro; mas, em todo caso, não se encontrará num estado perfeitamente normal; será sempre um estado mais ou menos extático".

Nota do Codificador: — "A alma não se divide, no sentido literal do termo: irradia-se para diversos lados e pode assim manifestar-se em muitos pontos, sem se haver fracionado. Dá-se o que se dá com a luz, que pode refletir-se simultaneamente em muitos espelhos".

E ele próprio, Kardec, preceituou, alhures: — "Onde estiver o pensamento, aí estará também a alma, porque o pensamento é um atributo da alma".

Baseado em todos esses raciocínios, creio-me no direito de supor que o fenômeno seqüente assume dois aspectos: a) de projeção mental; b) de bicorporeidade.

Ei-lo.

Numa tarde serena de maio do mesmo ano de 1960, eu aguardava, a sós, no escritório de mercadoria da agência ferroviária, a hora de marcar o cartão no relógio de ponto, pois era sempre o último a sair.

Às dezessete e trinta, ocorreu-me fazer, como de hábito, uma prece em favor da paz do mundo. Tranquei a porta e pus-me a orar, sem esquecer a esposa, os filhos e demais pessoas do templo doméstico. E tive, durante o enlevo, a impressão de encontrar-me no meu próprio gabinete, sentado, frente a escrivaninha, a compor versos...

Às dezoito e quarenta e cinco, de retorno à casa, fui recebido por Lúcia e nossos garotos, com estranheza e assombro.

— Ué! Por que me olham dessa maneira? Não sou nenhum fantasma... — gracejei, risonho.

— Chico! Levamos um tremendo susto! — disse a mulher. E explicou-se:

— Eu pregava botões numa blusa, no quarto. Luiz Carlos e Ari Osvaldo, entretinham-se a debulhar, em silêncio, aquelas espigas de pipoca, junto à escada. De repente...

— Mãe! Venha, depressa! Venha, venha! — gritaram eles, em tom de angústia e pavor.

Deixei logo a roupa na cama e desci, o coração aos pulos...

— Que houve? — perguntei-lhes, nervosa.

E ambos, pálidos, em coro:

— Vimos papai, ali, a escrever, na sala da biblioteca! E ele estava de paletó, quieto, pensando, pensando... Mas, já se foi...

— Será que lhe aconteceu algo... sério? — repôs Luiz Carlos, trêmulo.

— Psiu! Acalmem-se! Que idéia maluca! — respondi, porém, não menos preocupada.

— E agora? Ainda...

— Agora, graças à tua presença...

— ... e a Deus...

— ... respiramos aliviados!

— Puxa! Pareceu-nos que o senhor...

— ... que estivesse morto?

— Desencarnado! — corrigiu-me Ari Osvaldo.

Acariciei, com ternura, a cabeça dos meninos.

— Descansemos um pouco. Vou revelar-lhes um segredo.

Os três se acomodaram no canapé, enquanto, escolhendo uma poltrona, passei a cientificá-los da minha atitude, no escritório da estação, no momento exato da ocorrência assustadora.

— Que tipo de fenômeno é esse? — volveu Luiz Carlos, curioso.

— Para os pesquisadores antigos e atuais, é o de bicorporeidade.

— Bi... cor... po.... rei... dade?

— Sim, ou de projeção do duplo etéreo, do perispírito, longe da área onde se situa o corpo carnal. Umas vezes, o processo é realizado de forma espontânea, pela força do pensamento; outras, de modo involuntário, sob um estado de êxtase. Com seu pai, por exemplo, deu-se entre o arroubo da prece e o desejo (embora inescrutável) de sentir-se na esfera dos próprios sonhos de amor — o lar! Compreenderam?

— Perfeitamente! — anuíram, todos, discretos.

— Tal fenômeno, aliás, é comum, durante o sono. Em qualquer dos casos, o Espírito se mantém ligado ao corpo grosseiro por um cordão fluídico.

— Ótima aula! — completava Lúcia, encarando os filhos.

— Depois dela, ficaremos prevenidos. Se papai repetir a cena... — repunha Luiz Carlos.

— Sosseguem. Saberei como evitar novas "fugas" a lugares interditos...

E, de fato, nunca mais me atrevi a tanto. Certifiquei-me de que um médium pode e deve exercitar-se na manutenção do equilíbrio de suas faculdades, sem depender exclusivamente do esforço de seus generosos e abençoados Guias Espirituais...

— Estudando, sempre, as obras de Kardec.

— Trabalhando, sempre, na Seara de Jesus.

O datilógrafo invisível

Em "Casos Surpreendentes de Mediunidade", capítulo XV, página 77, expendi: "No mês de junho de 1956, conforme ficou exposto no prólogo desta obra, comecei a freqüentar o Centro Espírita Operários da Verdade".

Ora, quatro anos após este fortunoso evento, eu já havia psicografado músicas e poemas de vários autores do Além. Mas ainda não dispunha de máquinas de escrever para reunir os versos em ordem num tomo. De quando em quando, datilografava meia dúzia de laudas, servindo-me de uma "Smith Corona" da secretaria da L.B.V. Porquanto, as reservas financeiras não me autorizavam a compra desse objeto, mesmo usado.

Certa ocasião, um colega de trabalho, sabedor do meu problema, esteve em casa e me propôs:

— Pessolano, você gostaria de realizar um bom negócio? Eu tenho esta máquina, há muito tempo... É velha, sim, porém, acredito que lhe seja útil — continuou, retirando algo de empoeirada caixa de papelão.

— Se quiser aproveitar... o preço é ótimo! Apenas quatro mil. E você poderá pagar-me em três parcelas, sem juros... Que acha?

(Na época, eu ganhava dez mil e novecentos cruzeiros mensais.)

— Sou-te grato à oferta. Contudo, preciso experimentá-la, antes de um acordo...

— É justo. Não há pressa. Deixá-la-ei a seus cuidados.

E tal expondo, o homem despediu-se.

Era quase noite. Entreguei-me, pois, rapidamente ao teste.

Lúcia veio observar-me o esforço.

— Vale alguma coisa... isso?

— O rolo, tem a superfície gasta, com diversas fendas. O retrocesso e o tabulador, falham nos espaços e os tipos se encontram desnivelados. Veja como as letras saem no papel.

— Hum... parece coisa do tempo dos nossos bisavós!

— E não tem conserto.

— Ninguém a aceitaria, nem de graça.

— Vou devolvê-la.

— E... quanto aquele impostor pretende cobrar por essa joça?

— Mais de um terço dos meus parcos rendimentos!

— Velhaco!... Esqueça-o. O jantar nos espera à mesa.

Pouco depois, Lúcia, as crianças e eu, permutávamos idéias sobre o Espiritismo, na sala.

Às vinte e uma horas, se não mais, estranhos rumores se fizeram ouvir na biblioteca. A princípio, confusos, foram-se fazendo identificáveis e fortes.

— É... a máquina de escrever! — exclamaram os meninos, amedrontados.

— Alguém, de outros planos da vida, bate as teclas, empuxa o carro e age como um verdadeiro datilógrafo! — comentei, sorrindo.

— Oh... não! — externou Lúcia, com assombro.

— Aquietem-se. Evidentemente, foi atraído por nossa conversa. Pela habilidade que demonstra, deve ser mágico. Admiro-o! Consegue movimentar aquela engenhoca!

— É... um mau Espírito!

— Não, mulher. Ele procura apenas dar-nos provas de amizade. É um "poltergeist" que se diverte.

— "Poltergeist"?

— Exato. Essa palavra, de origem alemã, significa, literalmente, "Espírito batedor". Agora, se vocês me derem licença, irei ao escritório, a fim de verificar, de perto, o fenômeno.

— Tem coragem, Chico?

— Que pergunta! Há motivo para temê-lo?

E fui. Ao chegar à porta, acendi as lâmpadas do lustre e... nada constatei de anormal. Sobre a escrivaninha, a máquina repousava imóvel, em silêncio. Mas, algo me chamou a atenção: a fita se esgotara num dos carretéis. Apaguei a luz e, de novo na sala, disse a todos o que acontecera. Lúcia e os filhos se mantiveram mudos.

— Entretanto, ele não retornará. Fartou-se de brincar... — afirmei, convicto.

— Oxalá! — resolveu a esposa acrescentar.

Logo, às vinte e duas e trinta, o sono convidou-nos ao descanso. Mas, no leito, o cérebro me importunava com fastidiosa interrogação: "Onde a coerência dos fatos de hoje? onde? onde?". Até que, de súbito, ocorreu-me a resposta: aquele Espírito... não foi à toa que provocou o fenômeno! Quis alertar-me da inoperância da compra: "isto é um monte de... ferro sem valor... só serve para brinquedo... recuse-o... desista do negócio..."

E, se ele se preocupou tanto em apoiar-me a decisão, só podia, mesmo, ser um grande amigo!

Enderecei-lhe um voto de reconhecimento e dormi em calma.

O aviso

A lua e as estrelas envolviam os horizontes num manto de ouro e prata. Ao esplendor da Obra Divina, eu me quedava, absorto, rememorando um soneto, de pé, no meio de um pequeno jardim, junto à porta de casa.

Amo o silêncio de uma noite fria,
que me surpreende, às vezes, a chorar,
entre o calvário eterno da poesia
e a sala acolhedora do meu lar...

Amo da Musa a sombra fugidia
que se me fez, no entanto, familiar
e os pensamentos sempre me vigia
funestos como as convulsões do mar...

Amo o passado infortunoso e escuro,
— os ecos que me zombam do futuro,
sob os enganos muitos do presente...

E por querer demais, tudo isso, em sonho,
não raro noutra esfera me suponho,
com asas de ouro, mas... penosamente!

Nisto, alguém, da vizinhança, interrompeu-me o idílio com a natureza:

— Boa noite!

— Boa noite!

— Sua esposa... está?

— Sim...

— Vieste a tempo, Leonice. Acabei de aprontar-me. E a condução? Será de ônibus ou...

— De automóvel.

— Que bom! Evitaremos uma longa caminhada.

— Aonde vão? É tarde!

— Chico, esqueceu-se de nossa visita à mãe dela? E são apenas sete horas.

— Ah...

— Meu pai nos espera com o carro, na rua da Várzea, no posto de gasolina.

— E sua mãe... melhorou?

— Não. Eu soube que teve, ainda ontem, sérias crises reumáticas.

— Lamento. Deus lhes propicie uma ótima viagem.

— Obrigada.

— Chico. Você pode fazer-nos um grande favor?

— Sem dúvida.

— Rogue aos Bons Espíritos que nos protejam... Deus os abençoará.

— Contem com isso. E cuidarei bem dos meninos, principalmente do caçula Adilson.

— Você me encoraja. Até breve. Fiquem, também, com Jesus!

— Sigam em paz.

Os nossos três filhos nunca nos desrespeitaram às ordens. Não precisávamos, por exemplo, mandá-los ao chuveiro ou deitar-se. De modo que, dentro em pouco, ao vê-los quietos, a dormir, sentei-me à borda do leito, no meu quarto, e pus-me a orar:

Mestre!

Sou, ainda, como sabeis, uma das frágeis criaturas em peregrinação na Terra, a colher os amargos frutos da sementeira de vícios do passado... Mas desejo ser fiel à vossa misericórdia suprema! Eis porque vos suplico, hoje, em nome de Deus: não me deixeis à míngua de recursos, quando, em resgate dos próprios débitos de ontem, me observardes disposto a consolar os irmãos de caminho. E, desde que a segurança destes dependa de maior ajuda, sob a tutela dos Benfeitores do Além, dai-lhes essa oportunidade, permitindo-lhes vencer as sombras do mal, em todas as jornadas, com o Evangelho do Reino por garantia de glória e de luz!

Assim seja!

Ao pronunciar estas últimas palavras, fui surpreendido por um fenômeno espantoso: tive a impressão de que um comboio se aproximava de mim, apitando, apitando... Ato contínuo, a cama se agitou, batendo os quatro pés, de forma violenta, sobre o soalho! Um calafrio me percorreu o corpo, da medula ao estômago! Levantei-me, zonzo, a testa lavada de suor...

— Oh... Céus! Alguma desgraça! — murmurei, enquanto consultava o relógio. Eram quase vinte horas e trinta minutos.

Resolvi descer ao escritório, a fim de continuar uma obra em esboço. Não me convinha manter a mente aberta à invasão de maus augúrios... E, absorto no mister de datilografar numerosos poemas, só despertei aos sons do cronômetro da sala, à meia noite em ponto! Foi quando Lúcia chegou. Abri-lhe a porta.

— Que atraso, hein? Houve algum incidente grave?

Ela fitou-me, pálida.

— Você... orou por nós, conforme lhe pedi?

— Logo que as crianças se entregaram ao repouso.

— Então, devemos a Jesus e aos abençoados Guias Espirituais, a nossa vida! Escute. Os pais de Leonice moram na Vila Rio Branco. Há uma passagem de acesso àquele povoado, sobre o leito da Cia. Paulista de Estradas de Ferro.

— Conheço o lugar. Chama-se "Barreira", por onde transitam pedestres e veículos em mão dupla.

— Exatamente. E, aí, ao atravessarmos os trilhos, o "chevrolet" do senhor Antonio emperrou! E o homem não conseguia movê-lo! Tentamos sair, mas suas portinholas também não funcionavam! Oh... angústia! Presos, a gritar por socorro, aguardávamos a morte, porque o local estava deserto! Súbito, o pior aconteceu: vimos o farol de uma locomotiva em marcha contra nós! E a máquina, cada vez mais próxima, apitava, apitava, como se o seu condutor nos estivesse percebendo a situação! Até que... graças a Deus! o calhambeque se arrancou para a margem da linha, no instante justo em que o comboio nos trituraria a todos! Escapamos por um triz! Um pesadelo! Eis o fim da história: na casa dos pais de Leonice, dona Adélia nos preparou um chá de erva-cidreira e nos deteve em demorado descanso...

— Acalma-te, agora. Tudo terminou. A propósito dessa ocorrência desagradável, reservo-te uma... surpresa.

— Verdade? Quero ouvi-la, mas, comodamente — repôs Lúcia. E fez-me sentar com ela, no sofá.

E narrei-lhe o que me sucedera após a súplica dirigida ao Mestre.

— Um aviso!

— A simultaneidade dos fatos nos leva a essa dedução. Porém, eis como julgo que os fenômenos se verificaram. De três modos distintos: 1º) vocês, no carro, emitiram ondas mentais de largo alcance, denunciadoras de aflição, à iminência do desastre; 2º) eu as captei, por achar-me ligado ao seu núcleo de origem, durante o êxtase da prece; 3º) os Espíritos Protetores, cientes do perigo que vocês corriam, resolveram confirmá-lo através dos movimentos estrepitosos da cama!

— E por meio desse fenômeno de "poltergeist"...

— ... eles nos deram seguras provas do amor com que Deus, Jesus e a Espiritualidade Maior nos vigiam e...

— ... nos protegem sempre! — completou Lúcia, bocejando.

— Estás a cair de sono! Tomemos um outro tipo de chá. Um

chá de papoula...

— De papoula?

— Sim. É uma planta da qual se extrai o ópio.

— Aceito-o! Há de fazer-me dormir mais depressa!

— A beberagem é simbólica. Significa uma sugestão...

— ...para o sono, debaixo das cobertas... Vamos, pois...

E uma vez deitados, agradecemos ao Pai, ao Mestre e aos Guias Espirituais, os dons da vida e fechamos os olhos.

Mas, nem o adormecimento dos sentidos me privou de recordar, por algum tempo, os versos finais do meu soneto:

Amo o passado infortunoso e escuro
— os ecos que me zombam do futuro,
sob os enganos muitos do presente...

E por querer demais, tudo isso, em sonho,
não raro noutra esfera me suponho,
com asas de ouro, mas... penosamente!

E, de imediato, sorvi a taça do narcótico de Morfeu e desliguei-me do corpo...

Uma cigarra do outro mundo

O episódio que me proponho descrever agora, ocorreu numa segunda-feira de carnaval do ano de 1962.

Lúcia entrou na sala onde eu lia "A Gênese" de Allan Kardec.

— Você pretende ir a algum lugar?

— Às dezenove e trinta sairei para uma das reuniões efetivas no Centro "Bezerra de Menezes".

— Mas, hoje...

— As festas mundanas jamais nos obrigariam a interromper encontros espirituais...

— Contudo, creio que ninguém, ou poucas pessoas hão de pensar como você. Por que não fica em casa? Quer deixar-me a sós com as crianças?

— Deus velará por ti e por elas.

— Sem dúvida. Mas, algo me diz que Momo impedirá esse esforço. Há templos que se fecham durante o período carnavalesco.

Lúcia se mostrava intransigente, quando...

— Que... barulho estranho...

— Ah! Ouves, também? Há uma cigarra sobre a porta!

— Incrível! Uma cigarra?

— É!

— E continua! Vai estourar o peito!

— Parece que deseja ter parte na loucura dos foliões... Espreitá-la-ei de perto.

— Consegue vê-la?

— Não.

— Oh... silenciou! Fugiu, a seresteira...

— ... e sem ao menos despedir-se...

— Mistério!

— Talvez... outro embuste de um impostor desencarnado.

— Pode ser...

Subitamente, uns sons semelhantes aos produzidos por gatos, muito familiares aliás, chegaram-nos de mais longe.

— Que tal investigarmos a origem dessa toada monótona em nosso quarto? — aventou Lúcia, rindo-se a valer.

— Concordo. Vamos lá.

Era Adilson Marcos, o bebê. Chorava de fome.

— Coitado! Vou preparar-lhe nova mamadeira. Percebe como ele gosta de você? Estende as mãozinhas, ansioso do colo e da ternura do papai.

— É um tesouro. Enquanto cuidas da provisão, tomarei conta dele — respondi, levantando-o do berço.

Meia hora depois, saciado, o garoto voltou a dormir. Tarde, porém.

O amor paternal e as queixas da esposa, abstraíram-me das

atividades no Centro.

Na quarta-feira imediata, de retorno aos compromissos, ocupei uma vaga, à mesa, dez minutos antes do horário.

O senhor Joaquim Fernandes, então presidente, perambulava, pelo recinto, a cumprimentar as pessoas recém-chegadas. Em dado momento, estacou, e, com entusiasmo, prendeu a atenção do auditório ainda pequeno, a falar:

— Meus irmãos. Segunda-feira, à noite, eu me achava sozinho, sentado numa dessas cadeiras, à espera de colaboradores das obras do Mestre. De repente, ouvi o canto de uma cigarra, desde aquela porta. Fiquei tão surpreso que não pude conter a curiosidade. Procurei localizar a autora do fenômeno. Mas, nada consegui. Ela desapareceu...

— O senhor me permite entrar nesse assunto?

— À vontade, Chico.

— Obrigado. A que horas a cigarra esteve aqui a cantar?

— Às dezenove e trinta. Por quê?

— Porque esse mesmo fenômeno foi observado por mim e por minha mulher, em casa, também às dezenove e trinta!

— Espantoso! Como interpretá-lo?

— Acredito que só há um meio...

— Qual?

— Serei breve. Faltam dois minutos para as oito! O canto da cigarra foi uma imitação, apenas; um sinal de alerta. Eis o motivo: Lúcia se obstinava, naquele momento, na idéia de que os Centros Espíritas suspendem seus programas assistenciais, nas noites de quaisquer festejos mundanos. E me propunha até, desistir do nosso encontro.

— E um irmão desencarnado procurou, embora imperfeitamente, avisá-la do equívoco, através de um estratagema...

— Sim. E se eu lhe disser que o fenômeno se fez pelo senhor, neste Centro, notado na mesma hora, ela há de reconhecer-lhe a importância e nunca mais se esquecerá de que Deus se utiliza de muitas formas para nos revelar a Sua Eterna Sabedoria!

— Que beleza! Quanta coisa aprendemos, hoje, com uma "simples cigarra"! — exclamou o senhor Joaquim, piscando-me um olho. E concluiu:

— Mas, já é hora de nos acercarmos da mesa!

Nessa noite, psicografei o soneto abaixo:

Dona Quitéria

Foi no arraial do Coronel Ribeiro.
Treze de junho. Tudo preparado.
Gente chegando, o padre, o sanfoneiro,
o promotor, o juiz, o delegado...

Um fogaréu enorme no terreiro,
quentão, quadrilha, pau de sebo armado,
que um Santo amigo e, pois, casamenteiro,
via, entre as almas, sempre, com agrado...

Mas... logo ao fim da festa, a sós e brava,
Dona Quitéria em choro se mantinha,
a se mexer, na faina da cozinha...

Velhota e solteirona, resmungava:
— Joca traiu o nosso matrimônio...
Por isso, estou de mal com Santo Antônio!...

Cornélio Pires.

Após a prece de encerramento, li estes versos do poeta de Tietê, desencarnado em 17 de fevereiro de 1958.

E um toque de maior alegria pôs a vibrar o coração de todos os presentes.

A lição da árvore

Desde quando as obras de Allan Kardec, Léon Denis, Emmanuel e muitos outros autores me permitiram entender o Evangelho, comecei a perscrutar as Leis do Universo.

Irmão Alves, por exemplo, ensinava-me:

— "Em toda a Natureza, o Amor é a essência máxima de manutenção da vida. Através da permuta equilibrada e constante de suas energias, podem as almas assegurar-se da verdadeira paz".

Nos mundos onde o Amor é cultivado em escala ascendente e constitui clima favorável à marcha evolutiva das espécies, da larva ao homem, não há preconceitos, injustiças, fome e enfermidades, como na Terra. Há, ao contrário, sistemas de auxílio mútuo determinando a ausência dos males que ainda nos afetam. Lá, qualquer voto de solidariedade cristã, é uma bênção.

Daí o esforço do Mestre, por libertar-nos das sombras do egoísmo e do orgulho, com a Boa Nova, da manjedoura à cruz e desta à aurora do Consolador.

Logo que lhe soubermos reconhecer, de fato, a liderança ímpar, entre os profetas, sacerdotes e sábios, de ontem e de hoje, o Céu nos sorrirá com reais prognósticos de uma era feliz, em cânticos de glória e júbilo, para sempre..."

Muito me valeu esta síntese filosófica. Propiciou-me a descoberta de um dos últimos personagens da comédia humana ensaiada, há milênios, no palco de Clio (Musa da História) — eu!

Mas, a noção deste atraso, no cortejo dos Espíritos vinculados a uma interminável série de fugas e retornos (do berço ao túmulo e vice-versa), inspiravam-me desgosto. E resolvi exercitar-me no sentido de corresponder à ordem universal de harmonização dos valores da fé, a propósito de tudo, esperançoso de corrigir, de algum modo, aquela situação... Uma planta, um inseto, uma ave, um animalzinho, foram-se transformando, aos meus olhos, em criaturas capazes de identificar, telepaticamente, o caráter de qualquer pessoa humanizada. E adquiri, pouco a pouco, a prática de manter intercâmbios de vibrações mentais com alguns seres. E disto resultou, em maio de 1963, a seguinte experiência.

De segunda a sábado, eu fazia, regularmente, a pé, quatro percursos de ida e volta, por uma das margens da Estrada de Ferro Santos a Jundiaí, atento à faina diária na estação desta empresa. E em certo trecho do caminho, costumava parar dois ou três minutos, de manhã, perto de um sicômoro ("acer pseudoplatanus"), o qual se erguia desnudo, com as raízes expostas, de um outeiro, castigado pelo sol. Antes, cuidava de saber-me a salvo de olhares curiosos, depois, em êxtase, dirigia à pobre árvore uma prece de ânimo e conforto.

— Irmã! És a heroína deste vale! Escolheste um pedaço de terreno estéril, para exemplificar aos homens tua própria confiança em Deus! Nunca te queixaste de haver perdido a coroa dos mais belos sonhos de amor, que te adornava o tronco esguio! E esse teu silêncio é um testemunho de resignação à luta que te compete realizar contra a avareza do solo! Firma-te nessa atitude e, breve, recuperarás o vigor dos ramos e das flores que sempre te patentearam os sublimes anseios! E quando estiveres, de novo, suspendendo os braços robustos ao céu, os pássaros render-te-ão homenagens ao redor da fronde, em trinados de alegria! Eis, valorosa irmã, a felicidade que te auguro, em nome de Deus!

Esta prece me escapava de improviso, espontaneamente, dos lábios, variando, apenas de leve, quanto à forma... Devo tê-la pronunciado umas vinte vezes.

Foi o bastante. O sicômoro mudou de aspecto. Seus galhos cresceram, enérgicos e se tornaram invisíveis sob uma copa imensa de folhas verdes!

Quase ao termo do período de maio, exultei, por encontrá-lo, assim, refeito, a saudar, com movimentos cadenciados, a brisa do outono, cujos sopros amiúde mansos lhe acariciavam os primeiros frutos...

Mas, na ocasião, faltou-me o entusiasmo suficiente para demonstrar-lhe todo o meu prazer: uma estafa por excesso de atividades e noites de insônia, apanhou-me de surpresa. E evitei delongas...

— Queridíssima irmã. Pesa-me dizer-te, nesta hora, que não disponho de forças para continuar vibrando pela tua saúde. Porque adoeci e Irmão Alves me aconselha repouso. Desejo, no entanto, que saibas da minha ventura por te rever em franco restabelecimento. Conforme os ditames do meu Guia Espiritual:

"Em toda a Natureza, o Amor é a essência máxima de manutenção da vida", fez-se-me óbvio que definhaste não só por te privares involuntariamente da seiva necessária ao teu equilíbrio orgânico, mas também pelo fato de permaneceres isolada, à míngua dessa mesma fonte de energia... O desprezo dos homens, corroeu-te a alma! Deus te abençoe!

Uma lágrima resvalou-me na face.

A árvore, em sua mudez, parecia entender a causa do meu singulto. E, como se adivinhasse que eu precisava partir, envolveu-me, subitamente, o corpo, da cabeça aos pés, numa onda de fluidos vitalizantes e regeneradores! Fiquei atônito, a contemplá-la, na doce hipnose de quem sonha, a sorrir e a chorar, aos arpejos de um violino celeste...

Ela se prestara à renúncia de boa parte das ofertas de amor que recebera de mim e... curou-me!

Enviei-lhe, profundamente emocionado, beijos e palavras de gratidão, à medida que me afastava, até vê-la distante, qual uma deusa sob auréolas de luz...

À noite, em casa, Irmão Alves que assistira ao episódio, trouxe-me este poema:

Na rota de Jesus

Dar volta ao mundo como quem consome,
sem lamentar-se, em vão,
toda a energia aos que padecem fome,
por transmudá-la em pão...

Correr, às vezes, ásperos caminhos,
alheio aos ofensores,
transpondo pedras e ervaçais daninhos
como se fossem flores...

Sentir o mal do próximo, na treva,
sob a noite que avança,
onde nem mesmo um sacerdote leva
a um enfermo a esperança...

Buscar os antros muitos da pobreza
em que a agrura é sentida,
mantendo, ali, a própria fé acesa
por socorro da vida...

Do ateu ouvir qualquer agravo injusto,
mas de consciência calma,
a disfarçar da tolerância o custo,
em esboço na alma...

Dispor-se a provas árduas, a ninguém
revelando a fadiga,
para estender aos trôpegos, além,
a mão sincera e amiga...

Oferecer repouso a um mendicante
e a sopa que conforta,
sem desluzir-lhe o aspecto do semblante,
ao tê-lo junto à porta...

Guardar silêncio ante um cortejo aflito
à sombra do Calvário,
posto a render-se aos ecos do Infinito,
em tempo necessário...

Pôr do Evangelho o manancial fecundo
ao alcance de todos
os que sequiosos são de paz, no mundo,
sob escárnios e engodos...

Ser firme contra as burlas da matéria,
afeito aos ideais
que Deus inspira como coisa séria,
sempre melhor e mais...

Erguer a voz de alerta ante a vergonha
da anarquia de agora,
à qual a juventude apenas sonha,
desorientada, embora...

Eis o que deve, sobre o caos mundano
que a Besta reproduz,
provar aos homens, quem não teme engano,
na rota de Jesus...

Estes versos, reforçaram-me a convicção na eterna Lei: "Em toda a Natureza, o Amor é a essência máxima de manutenção da vida". É a única!

O cão sem dono

Eu sempre gostei de aproveitar os raros momentos de folga, estudando. Em casa, a passeio a pé, no ônibus, costumava ler algumas páginas de bons livros.

Por uma tarde amena de abril de 1964, de volta do trabalho cotidiano, pela rua Cuiabá, no bairro "Maria Genoveva", a obra de que me ocupava com prazer, era "Evolução em dois Mundos", de André Luiz.

Ninguém à vista. Poucas residências de portas e janelas franqueadas aos últimos raios de sol.

De repente, um cãozinho negro, sem dono e esfaimado, talvez, começou a perseguir-me. Próximo dos meus calcanhares, latia e rosnava, furioso.

— Que tens contra mim, "camarada"? Por que todo esse alvoroço? Aquieta-te — disse-lhe, em tom conciliador, enquanto procurava esquivar-me às suas presas.

Esforço inútil. O animal, longe de entender-me, ainda mais se dispunha às ameaças, feroz.

— Se eu não tiver cuidado, ele me morderá! — conjeturei, a recuar, de manso...

— E agora? Como enxotá-lo? A pedradas? Nunca! Seria

crueldade! Vejo-o castigado por numerosas chagas! As orelhas e a cauda lhe sangram... E uma onda de moscas o desassossega, a ponto de enlouquecê-lo! — concluí.

— Oh... deixa-me em paz, ordeno-te. Valha-me Deus! Não quero magoar-te! Já sofres tanto... vai-te, vai-te e... que Jesus te acompanhe...

Nada. O bicho se mostrava renitente, impetuoso! Até que... algo incrível aconteceu: ele soltou um berro e se pôs em fuga, a gemer, como se houvesse recebido um golpe tremendo...

— Quem... fez isso?! — ousei protestar, boquiaberto.

E uma voz segredou-me:

— Eu, Irmão Alves. Mas, não te preocupes. Afastei-o de ti, com jactos de fluido magnético, apenas. Logo, ele se restabelecerá do choque.

— Pobrezinho. Tem muitas marcas de espancamentos, no couro... É um vira-lata e...

— Conheço-lhe o infortúnio. Vive, também, atormentado sob o assédio da fome, da sede e dos microorganismos da sarna.

— E pela chusma de insetos transmissores de outros micróbios nocivos... Merece ajuda.

— Amanhã, se o encontrares de novo, dá-lhe as atenções que jamais obteve das pessoas desta vila. E o conquistarás, satisfeito com tua amizade...

— Temo fracassar nesse intuito... Exacerbou-se, ao ver-me!

— Enganas-te. Foi a minha presença ao teu lado que o induziu a enfurecer-se. Impedido de atacar-me, tomou-te por alvo de sua cólera...

— Ah...

— Continua, pois, avante. Estás livre de quaisquer obstáculos...

— Obrigado! Que o Mestre vos abençoe.

No dia posterior, aliás, feriado nacional em memória do mártir da Independência Joaquim José da Silva Xavier, aventurei-me a um reencontro com o deplorável cão. Contudo, ninguém soube informar-me do seu paradeiro.

Certa noite, no Centro Espírita "Bezerra de Menezes", Pedro Antonio Pacheco, aluno modelo da Escola de Médiuns do Centro "Fraternidade" (já desencarnado), a quem revelei o caso acima, contou-me:

— Aquele cachorro... chamava-se "Careta". Foi estraçalhado pelas rodas de um comboio, perto da chácara onde resido.

— É?! E... quando?

— Ontem, ao entardecer. A turma das obras de conservação da linha férrea, sepultou-lhe os pedaços do corpo no campo à margem da mesma via.

— Que tragédia! — murmurei, reprimindo, a custo, as lágrimas.

— É uma das coisas rotineiras do nosso mundo... — completou Pacheco, não menos abalado.

Às vinte horas, sentamos à mesa, a fim de participar da prece de abertura, dos comentários em torno do Evangelho e dos intercâmbios espirituais.

Um ano se passara desde o episódio que me aprouve descrever no capítulo precedente. E, guardando viva, na memória, a experiência com o sicômoro, mais lamentava a sorte de "Careta": quiçá, como a árvore, não se exaurisse por falta só de alimento e água, mas por viver à míngua de afeto, de calor humano! E cheguei a ponderar, absorto: "O cão é o melhor amigo do homem..." — proclama a Sociedade, há séculos; porém, será, o homem, o melhor amigo do cão?

Vaidade?... Não!

> "Não acumuleis para vós tesouros na terra, onde a traça e a ferrugem os destroem, onde os ladrões penetram e roubam; mas ajuntai para vós tesouros no céu, onde nem a traça nem a ferrugem os consomem, onde os ladrões não penetram nem roubam; porquanto, onde estiver o vosso tesouro, aí estará também o vosso coração."
>
> "Pequenino rebanho, não temais, porquanto aprouve ao Pai dar-vos o reino. Vendei o que possuís e dai esmolas; fazei para vós bolsas que não envelheçam, um tesouro inexaurível nos céus."
>
> *(Mateus, VI, 19 a 21; Lucas XIII, 32 a 34.)*

Árduo esforço me custara, até o ano de 1966, a posse de muitas obras, entre as quais algumas primorosamente encadernadas, sem risco de problemas econômicos. Dava gosto contemplá-las em ordem no armário do meu gabinete.

Mas Lúcia teve a idéia de convertê-las em adornos da sala de jantar.

Fiz-lhe a vontade. Talvez, a medida inspirasse a outras pessoas, o mesmo exemplo de amor ao estudo. No entanto, não me foi conveniente. Quando precisava de um livro qualquer, para consulta, era obrigado a locomover-me do escritório àquele cômodo e vice-versa. E a repetição deste exercício começou a desassossegar-me.

Porém, depois de uma semana, as portas de vidro com moldura de cedro, do referido móvel, passaram a produzir movimentos e rumores espontâneos ou de "poltergeist", de modo especial à noite.

Numa dessas ocasiões, às vinte e duas horas, Lúcia desceu do quarto, nervosa, e admoestou-me:

— Por que não páras de mexer na estante? Acordaste-me e agora vai ser-me difícil conciliar o sono!

Eu acabara de receber dois sonetos de Paulo Eiró![1]

— Você está enganada. Não arredei um passo daqui, entregue a intercâmbios mediúnicos...

— Podes provar-me o que dizes?

— A contento. Ouça:

Ascensão

Ingênuo... ainda ontem eu gemia
num manicômio, num aljube estreito,
a delirar, distante da poesia,
da morte sob a ronda ao pé do leito...

---

(1) Dados biográficos: poeta do Rio Grande do Sul (1838-1871). Aos 25 anos, após haver freqüentado a Faculdade de Direito de São Paulo, abandonou os estudos para ingressar numa ordem religiosa. Mas, devido a muitos desgostos, endoideceu, desencarnando num manicômio. Constam de suas obras: "Tetéias", "Primícias Poéticas" e "Lira e Mocidade".

Ator de uma comédia, aliás, sombria,
da qual as cenas últimas rejeito,
odiava as ilusões do dia-a-dia,
em torno, ali, nas horas sem proveito...

Até que... despertei! Foi pelo inverno...
Ao som de nova lira, em vôo eterno,
pude embalar-me a acordes mais profundos!

E, hoje, que menos triste me suponho,
levado sou por Deus, de sonho em sonho,
como poeta, a superiores mundos...

Eu fiz uma pausa, sorri c continuei:

Vozes...

A dúvida... eis-me a infausta companheira
de sempre em cada gleba conseguida,
quanto aos esforços noutra sementeira,
por ser fiel aos ideais da Vida!

Mas, vou marchando, mesmo que não queira,
em busca de alva pérola perdida,
longe, talvez... — do amor a verdadeira,
no vasto mundo que me deu guarida...

E, neste arrojo, em grande noite imerso
— como a que fecha as portas do Universo,
vozes percebo do sepulcro além...

— "Poeta! Acorda!" — clamam, sem cessar,
da própria escuridão, do Céu, do mar,
de Deus e... do meu íntimo também!

— Belas poesias, hein? Sabes que nunca tive o ensejo de cursar uma escola superior, pelo que pouco entendo de arte ou literatura. Mas, não sou insensível aos bons versos... E o nome do autor?

— Paulo Eiró, a quem devo aplausos, pois, conforme o demonstra, desenvolveu o estro na Espiritualidade!

— Que ele me perdoe a indelicadeza... Mas... e o barulho na biblioteca? Suas portas...

— Venha comigo. Reservo-lhe algo que a surpreenderá.

— Já estou indo... — concordou Lúcia, curiosa.

— Repare...

— Esses dois volumes? Parecem-me diferentes...

— Encontram-se invertidos. E é óbvio que sempre mantenho todos com a lombada à descoberto.

— Nesse caso...

— Alguém os tira da posição normal.

— Um Espírito zombeteiro?

— Ou... interessado em prestar-me ajuda na escolha das

obras que...

— ... ah! É isso! Trata-se de um dos teus Protetores! Que vergonha, Chico! Pesa-me a consciência!

— Ué! Por quê?!

— Compreendi meu erro! Livros não devem ser usados como enfeites, em hipótese nenhuma! De que servem, se os abandonamos às traças, à poeira? Vaidade?... Não! Reconheço o motivo do fenômeno. Amanhã mesmo essa estante retornará ao escritório. Por Deus! — finalizou ela, com sincero arrependimento. E, deixando-me a sós, na sala, subiu ao quarto.

E, desde aquele ano, a biblioteca nunca mais se afastou do meu gabinete. Útil e, de novo, silenciosa.

Uma revelação extraordinária

Em 14 de março de 1967, ocorreu-me compor um soneto em homenagem a Antonio Frederico de Castro Alves, o gênio que liderou o movimento da Arte parnasiana e a luta contra a escravidão em nossa Pátria.

E escrevi:

Quando um poeta novos dons propala
e o assomo de outra era vaticina,
cessa do mundo a rotineira fala,
de acordo, mesmo, com a Lei Divina!

Da Musa a velha torre o herói abala,
por lhe prever a próxima ruína...[1]
Mas, antes, fecha as portas da senzala;
depois, glorioso, os seus rivais domina...

---

(1) Alusão ao esforço de alguns poetas em defesa do Parnasianismo, desde 1865, ante o impulso da escola romântica fundada no entardecer do século XVIII.
Na primeira metade do século XIX, o Romantismo se alastrou da França a toda a Europa, envolvendo a Inglaterra, a Alemanha, a Bélgica, a Polônia, a Espanha e outros países, com seu sistema subjetivista, através de produções líricas, baladas, histórias de "amor" e de aventuras fantásticas ou "pitorescas", até influenciar negativamente os filósofos, críticos, pintores, músicos, etc.

E és tu, ó Castro Alves, quem, agora,
da Liberdade enaltecendo a aurora,
a Deus eleva cânticos de amor!

Quem, a sonhar, no Reino de Jesus,
a Terra cobre de esperança e luz,
entre os Arautos do Consolador!

E o resultado dessa expansão se acentuou nas Américas, de modo particular no Brasil, ao advento da pseudo-arte-moderna, em 1912, por iniciativa do sr. Mário Pederneiras. Após o conflito de 1914-1918, essa onda se fez mais perniciosa de 1922 a 1970, como um ciclone, para firmar-se, hoje, na imprensa, no teatro, no cinema, no rádio e na TV, em artigos e novelas pornográficos, onde a violência e o crime ganham prioridade e pervertem, sem restrições, a moral da infância.
Daí, talvez, o protesto de Olavo Bilac, em julho de 1886, ao pressentir esses abusos, com o poema "Profissão de Fé", do qual transcrevemos as seguintes estrofes:

"Deusa! A onda vil, que se avoluma
de um torvo mar,
deixa-a crescer, e o lodo e a espuma
deixa-a rolar!"

"Blasfemo, em grita surda e horrendo
ímpeto, o bando
venha dos Bárbaros crescendo,
vociferando..."

"Deixa-o: que venha e uivando passe
— bando feroz!
Não se te mude a cor da face
e o tom da voz!"

"Este que à frente vem, e o todo
possui minaz
de um Vândalo ou de um Visigodo,
cruel e audaz;"

"este, que, dentre os mais, o vulto
ferrenho alteia,
e, em jacto, expele o amargo insulto
que te enlameia:"

"é em vão que as forças cansa, e à luta
se atira; é em vão
que brande no ar a maça bruta
à bruta mão."

"Não morrerás, Deusa sublime!
Do trono egrégio
assistirás intacta ao crime
do sacrilégio."

(Esta poesia contém trinta e uma estrofes.)
Deveras, a Arte autêntica dependerá do zelo dos vates humildes e leais às suas regras. (Da coleção "Nossos Clássicos", Livraria-AGIR Editora, publicados sob a responsabilidade dos senhores Alceu Amoroso Lima, Roberto Alvim Corrêa e Jorge de Sena (ano 1976).)

Às dez horas do dia 13 de maio, tomei um ônibus, no bairro "Maria Genoveva", com destino ao centro da cidade, ocupando o primeiro banco, junto à porta de saída. E numa das paradas do coletivo, quase em frente à igreja da Vila Arens, vi, surpreso, o rosto de José Carlos do Patrocínio assomar à janela, ao meu lado direito. E ele me sorriu, bondoso, por vários segundos. Nem esperou que lhe correspondesse ao gesto simpático. Desapareceu! Embora me sentisse enlevado com o fenômeno, estranhei-o. A que atribuí-lo? — pensava. Talvez... à minha oferta de amor ao poeta dos escravos, na forma de um soneto, em 14 de março? Talvez...

À noite, em casa, enquanto me dispunha a orar no escritório, ei-lo de retorno, mais visível, curvado sobre mim!

— "Salve, salve, companheiro! Este encontro me é agradável! Rogo-te que psicografes, em nome do Mestre, uma pequena mensagem..."

— Vossa presença me honra em demasia, senhor! Queira Deus vos consiga atender às ordens como desejais! — respondi-lhe, atônito.

— "Por quê? Somos, ambos, apenas irmãos! Escreve..."

Servi-me de papel e lápis.

— "Rememoremos. Durante o período colonial, a tragédia dos cativos da África inspirou a muitos homens honestos, séria revolta contra o regime. Lutar pela instituição da República, era o tema em voga, nas ruas, praças, nos meios políticos, literários, etc., cujos ecos se estenderam, enfim, à Corte. Foi quando o imperador D. Pedro de Alcântara, já pressionado por diversos clamores, inclusive da Inglaterra, deliberou a extinção do tráfico vergonhoso...

"Mas, insatisfeitos, os 'coronéis' ou donos de latifúndios, para quem os escravos constituíam larga fonte de renda (qualquer cavalo custava o dobro ou mais que um negro robusto), passaram a combater o novo ideal. Através do suborno, aliciavam cúmplices entre bandoleiros e até mesmo da milícia do governo, e estes perseguiam e hostilizavam os republicanos na sombra da noite ou à luz do sol, traiçoeiramente.

"Falar dos heróis que sucumbiram a golpes de punhais ou alabardas, não é empresa fácil. O número deles, perde-se, longe. E Castro Alves esteve sempre sob a mira dos rebeldes, por causa das campanhas abolicionistas que se lhe escapavam do estro em poemas que ficariam célebres no Brasil e em todo o mundo! Ninguém, tanto como ele se fez alvo do ódio e das promessas de vingança dos senhores das senzalas.

"Gostava, o moço, da solidão, a entreter-se, amiúde, com a arte, nos bosques do Brás? Boa oportunidade, sem dúvida, para uma cilada...

"E o homicídio quase aconteceu numa bela manhã.

"O primeiro tiro falhara... Alertado, o jovem ergueu-se da relva onde repousava e se pôs a correr. O segundo tiro acertou-lhe o pé esquerdo. E ele rolou ao chão. A dor e a hemorragia fizeram-no desmaiar. Julgando-o mortalmente ferido, os covardes se afastaram.

"Quem lhe prestou socorro? Um negro, que, a caminho da fazenda, ouviu, próximo, os estouros de um mosquete.

"Antes, recebera, o vate, cartas anônimas, com ameaças fatais, que, no entanto, foram subestimadas. Pôde, assim, tarde verificar que seus inimigos eram teimosos, solertes e sádicos. E, temendo que a trama lhe envolvesse os familiares, inventou aquela história do tiro acidental. Quanto ao servo que lhe deu arrimo, obrigou-o a corroborar-lhe a evasiva...

"Eis, ainda que sumariamente, a verdade sobre o desenlace prematuro do poeta e que o transforma num dos maiores mártires da Abolição! Obtive-a do próprio escravo que lhe oferecera os ombros.

"E ela vem a propósito de outro engano: Castro Alves não foi alvejado 'quando voltava, alta noite, de uma de suas boêmias', como insinuou alguém, teu contemporâneo. Ele era nobre demais para essas fugas às tabernas, aos alcouces...

"Já se vai um século. Desfaçamos o segredo. És o único médium em condições de incluir estes fatos na História brasileira. Pois, nunca duvidaste da pureza espiritual do Poeta!

"— Não posso crer que um gênio como Castro Alves, tão amoroso, tão sublime, ousasse abater aves e animais inocentes, nos bosques! E, a título de recreio?! Ele, que não tinha coragem de arrancar uma flor da haste! Erro dos biógrafos!

"— Grande lógica, a tua! E só por isso, mereceste esta revelação. Deus te abençoe."

Patrocínio.

Não precisei, sequer, de uma palavra, para externar ao venerável Espírito, o meu profundo agradecimento por tudo o que me confiou. Bastaram-me as lágrimas, copiosas e ardentes, que me gotejavam dos olhos, desde a alma...

E ele também chorava, quando me disse adeus...

A benfeitora

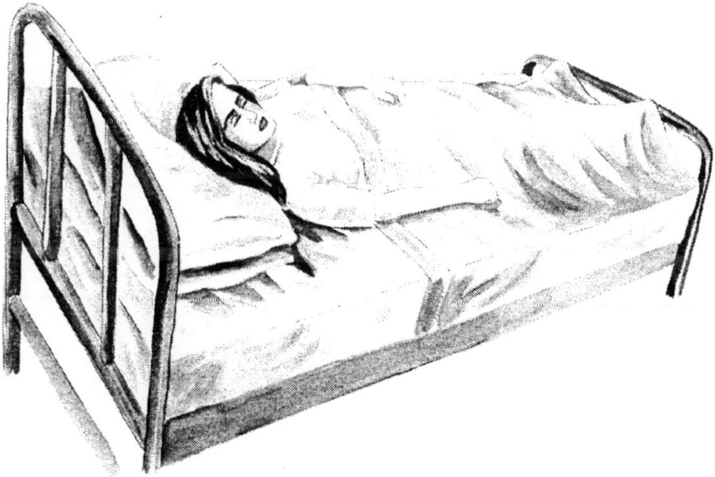

Judite era dinâmica, honesta e caridosa. Ao tornar-se esposa de Kalman Mezzei, jovem descendente de iugoslavos, em 1944, (ver capítulo IX, pág. 48, de "Casos Surpreendentes de Mediunidade", edição de 1992), estabeleceu-se como fotógrafa, no Largo Padre Péricles, em São Paulo.

Teve, alguns anos depois, uma única herdeira, a quem deu o nome de Tânia.

Culta e amante das artes clássicas, de preferência o "ballet", assegurou-se, logo, de grande círculo de admiradores.

No entanto, conservava-se neutra em matéria de religião.

Eis um esboço de suas reais virtudes: em março de 1967, acolheu, como criada, conquanto não precisasse de ninguém para as fainas domésticas, a menor das filhas de uma mulher que se enviuvara e se defendia da fome lavando roupas ou vendendo bilhetes lotéricos.

E certa vez, apanhou de surpresa a menina a sós, no quarto onde a acomodara, desfeita em lágrimas.

— Que há, Raquel? Por que choras? Tens, na tua idade, ensejos de ouro para sorrir e viver em paz!

— Ai, patroa! Sou infeliz! Já freqüentei uma escola, mas,

nada pude aprender. Sob a alcunha de zarolha, tive de abandonar as aulas... Órfã de pai, resta-me apenas o apoio de mamãe, que, anteontem, levou-me a um oculista, com a esperança de corrigir a posição dos meus olhos... E....

— Compreendo. Ela não dispõe de recursos... Se é esse o problema, querida, alegra-te! Amanhã, iremos, juntas, ao consultório do mesmo doutor. Serás operada, e eu pagarei qualquer despesa.

— Patroa! A conta é alta! E o tempo de minha internação? Creio que...

— Sossega-te. Amanhã, está bem?

E assim foi. Semanas mais tarde, Raquel pôde bendizer o esforço de Judite e continuar seus estudos.

Belo exemplo de amor e caridade!

Todavia, ei-la, também, no mês de abril, a procura de assistência médica, acompanhada pelo marido... Para exame de um caroço (ou glândula linfática em forma de abcesso), no seio direito.

A biopsia acusou: câncer maligno!

Mas o cirurgião eximiu-se de revelar-lhe a verdade.

— Senhora, aparentemente, há um grupo de células estacionárias, sob o revestimento carnoso da mama. Compete-nos, porém, estarmos de sobreaviso contra nódulos estranhos que...

— ... resumindo: vou perder esse órgão!

— É aconselhável. Durante oito dias, submeter-se-á a rigoroso tratamento, após os quais o processo cirúrgico resolverá o seu caso...

— Paciência. É o que espero. Grata, doutor.

Ao termo de tão curto período, a operação foi realizada, na Lapa, onde alguns de nossos parentes estiveram, também, com ela, no hospital.

De maio a outubro, já sob o teto familiar, Judite, superando as próprias dores, entregava-se ao desempenho de todas as tarefas, ativa como antes.

E eu ia visitá-la, aos sábados, observando-lhe, admirado, a nova conduta: interessou-se pelas obras de Allan Kardec e se dispôs a receber passes de Irmão Alves, dizendo-se "reanimada à leitura daquelas e ao socorro do amabilíssimo Protetor..."

Uma noite, apresentou-me alguém que eu desconhecia.

— Esta é Sônia, amiga e freguesa. Mora em Osasco. Tem condução particular e, de quando em quando vem saber do meu estado de saúde. Mas, sofre, por sua vez. Queixa-se de abalos nervosos e pesadelos noturnos. E confessou-me que gostaria de juntar-se a nós.

— Por que não? Folgo em conhecê-la!

— Obrigada. Retribuo-lhe o cumprimento.

E, sem mais delongas, entramos no quarto de Tânia. Ali, sobre pequeno móvel, deixara, Raquel, um jarro de água e três copos. Judite e Sônia sentaram-se num sofá. Apaguei a lâmpada e pus-me a orar, de pé.

De repente... — Louvado seja Deus! Viva Jesus! — saudou-nos Irmão Alves, ao que ambas responderam com expressões de júbilo.

E ele:

— Quem o mundo corre, aflito,
entre a descrença e a amargura,
faz do próprio sonho um mito,
pois não sabe o que procura...

O presente nos alerta
da sementeira passada...
O porvir é porta aberta
a mais ditosa jornada...

Ato contínuo, estendendo-me os braços, envolveu-as numa onda de fluidos calmantes e salutares, por dez minutos. Ao término da transfusão de energias, passou a aconselhá-las:

— Judite, guarde bem, na memória, estas palavras: as aplicações de radioterapia que os enfermeiros lhe fazem, no hospital, devem cessar! Estão fora de controle! E o médico, por que não as fiscaliza? Até quando suportará, você, a ruína de células normais, sob intensas dores? Ah... negligência!!! Dê parte disso ao chefe da clínica! E depressa!

E você, irmã Sônia, acorde! Seus "abalos nervosos e pesadelos" denunciam o desabrochar de faculdades mediúnicas. Você tem compromissos importantes a atender na Seara do Mestre! Não os adie mais.

Anote: a criança que lhe inspirava inquietude extrema, sarou da gripe e jaz, neste momento, a dormir, risonha, no berço! Quem a curou? Ele, mesmo, Jesus!

Porém, Lucas, no versículo 48, do capítulo XII, do

Evangelho, é categórico: "muito se pedirá a quem muito recebeu"! Interprete isto como um sinal de responsabilidade! Trabalhando, viverá feliz...

Satisfeitas?

Do servo às ordens,

Irmão Alves.

Fiz a prece final de gratidão ao Criador, a Jesus e ao generoso Espírito. E, novamente às claras, convidei as duas a tomar meio copo de água fluidificada.

— "Hum... Irmão Alves me surpreendeu! De fato, saí de casa, hoje, apreensiva, confiando o caçula febril à vigilância de minha sogra! — disse-nos, Sônia. E acrescentou, calma:

— Trabalharei, sim, e com muito amor, na lavoura do Cristo!

— E eu?! Fiquei pasmada! O médico saberá das advertências que me fez! — interpôs Judite.

— Patroa, a sopa está na mesa, e, quentinha — anunciou Raquel, à porta.

— Vamos jantar?

— Desculpem-me. Não posso demorar-me. Transfiro essa honra para outra ocasião. Estou ansiosa de rever Ferdinando salvo da febre, "a dormir, risonho", conforme nos garantiu o Mentor espiritual!

— Ora... não tem de que se desculpar.

— Voltarei... quinta-feira, à tarde, e com o garoto.

— Quero abraçá-lo.

— Boa noite, "seu" Chico. Deus lhe recompense o trabalho e os favores que me prestou.

— Agradeça ao Pai e à Espiritualidade Maior.

— Boa noite, Judite. Boa noite, Raquel.

No sábado seguinte, realizamos nosso encontro, à mesma hora, mas, sem a presença de Sônia.

— Ela esteve aqui e trouxe o filho completamente curado. Porém, não retornará mais. Mudou-se de São Paulo, por súbita decisão do marido, o senhor Pedro, forçado pelos negócios. E partiu chorando... — explicava Judite.

— Uma boa criatura! E você, melhorou?

— Graças a Irmão Alves! Conversei com o médico, sobre o exagero da radioterapia, e ele a suspendeu!

Agora, quase não tenho dores...

Pobre irmã! Em fins de outubro, piorou. Ofegava, como se padecesse de crises asmáticas.

Nosso tio Atílio Lacorte, um dos que nunca se afastavam de sua casa, segredou-me:

— Sintomas de metástase. O câncer lhe invadiu os pulmões!

Em dezembro, olhos vidrados, afônica, extremamente fraca, Judite não mais se levantou do leito.

Em janeiro de 1968, foi levada, às pressas, ao mesmo hospital.

E... na madrugada de dezessete, desse mês (data do seu aniversário), despertei, na própria cama, no bairro "Maria Genoveva", ouvindo-lhe a voz, longe e em sucessivos ecos:

— Adeus, Chico. Mamãe veio me buscar! Ore, ore por mim! Sempre, sempre...

Antes do sol nascer, alguém bateu à porta da sala. Fui atender.

Era meu mano Arsenio.

— Vim avisá-lo que recebi um telegrama do Kalman. Judite desencarnou às quatro horas de hoje. Seu corpo será posto no túmulo da família, nesta cidade. Se quiser estar comigo, lá, a fim de acompanhar o féretro, procure-me, às nove, em minha residência.

— Procurá-lo-ei, às nove... — respondi-lhe, atônito.

— Até breve, então.

— Até breve.

Profundamente consternado, pensando nela, murmurei: Judite! Nem sei como agradecer-lhe os votos de despedida! Orarei, sim, por você! Descanse. Orarei, sempre, sempre... Mas, você não precisará tanto de minhas preces! As suas obras lhe abrirão as portas do Céu!

Depois, subi ao quarto, a fim de comunicar a ocorrência à Lúcia e aos filhos. Ocorrência, aliás, antecipada pelo fenômeno de telepatia à distância.

Porque o amor o permitiu.

Vozes oportunas

Meu pai foi sempre um homem preocupado com os problemas sociais do Brasil e do mundo.

Poeta e literato, membro da edilidade, em Jundiaí e Franco da Rocha, soube corresponder ao voto popular, enquanto gozou de saúde, nas várias posses de encargos de honra, na Câmara Municipal.

Produziu obras didáticas, romances, peças para o teatro, etc. e se manteve, até à velhice, como defensor da educação, nas páginas da imprensa. Mas, nunca publicou, sequer, um livro, por falta de recursos financeiros.

Econômico, pôde, com esforço, legar aos descendentes, uma casa situada no bairro Vianelo.

Hoje, neste local, há um monumento à sua memória.

Quem transite pela Rua 23 de Maio, notará seu nome gravado na superfície do mesmo, à sombra de frondosas árvores, a anunciar: "Praça Francisco F. Pessolano".

Dos sessenta e sete anos (desde uma operação da próstata), aos oitenta e dois, assegurava-se do que lhe diziam os médicos: "O senhor é um jovem de cabelos brancos. Robusto, em plena forma física, chegará aos cem!"

Contudo, aos oitenta e três, voltou a acusar os sintomas antigos.

Feita a diagnose, no hospital de Vinhedo, decidiu-se, o então ilustre Dr. Meireles, por nova cirurgia, segredando-nos, à parte:

— Caso de... câncer! Extrair-lhe a glândula prostática é a única solução de urgência.

Operado e já de regresso ao aconchego familiar, ei-lo, com o entusiasmo de outrora, a escrever, permitindo-se apenas alguns intervalos para a sesta, quando não executava belas músicas ao bandolim...

Em janeiro de 1968, ciente do desenlace de Judite, limitou-se ao uso da máquina datilográfica. Porém, o mal se lhe agravava a olhos vistos.

Na manhã de 4 de abril, data do seu aniversário, fui cumprimentá-lo, e encontrei-o pálido, abstraído, pelo que não nos aprouve permutar idéias sobre arte ou questões filosóficas, como de costume.

— É a dose de morfina que um farmacêutico lhe injeta, de quando em quando, nos músculos, a causa desse torpor... — explicou-me João, o segundo filho de minha madrasta, aliás, residente na mesma casa.

De maio daquele ano a julho de 1969, meu querido pai já não sorria...

Em agosto de 1970, fluxos hemorrágicos e dores intensas, obrigavam-no a permanecer inativo, no leito. E suas internações no Hospital Santa Elisa desta cidade, começaram a amiudar-se. Pessoas da família se revezavam, ora no próprio nosocômio, ora em seu lar, na rua Professor José Tavares, com o intuito de reanimá-lo.

Numa sexta-feira, à noite, achando-me no Centro Espírita "Bezerra de Menezes", coube-me observar um fenômeno extraordinário: Judite, sob a custódia do meu Guia Espiritual, fez-se-me visível e, de elevado ponto entre o teto e a mesa, externou grande júbilo, em rápidas palavras:

— Chico! Devo à misericórdia do Mestre o ensejo de reservar-te, embora resumidamente, as informações que seguem. São três. Eis a primeira e a de maior importância: alguém te convidará, em breve, para uma viagem de ônibus ao sanatório de Pirapitingui, a efetuar-se no dia vinte de setembro. Escusa-te dessa caravana, porque algo, muito sério, prender-te-á junto aos familiares. Eis a outra: Luzia, tua esposa, vai livrar-se, antes do sol nascer, da laringite que lhe afetou as cordas vocais. Promessa de Irmão Alves. E, eis a última: o teu próprio Mentor, pôs-me a salvo do câncer, cuja raiz eu conservava, ainda, latente, no perispírito! E ele não me abandona, jamais! É meigo, amoroso e... lindo!

Entendeste?

Que Jesus nos abençoe a todos!

Adeus!

Este reencontro me deixou surpreso e comovido.

No sábado, logo depois do banho, principiava a fazer a barba, a rememorar a cena da véspera, mas, desassossegado e confuso: que insinuara Judite? Uma advertência? Suas palavras: "escusa-te dessa caravana, porque algo, muito sério, prender-te-á junto aos familiares..." encerrariam, talvez, um prognóstico da desencarnação de papai, em vinte de setembro?

— Não, meu neto. Seu ciclo de lutas na esfera terrena, terminará um pouco antes, isto é, na noite de 19, também num sábado. Todavia, sua estada no mundo espiritual, será efêmera... Obras de vulto, na Seara do Consolador, hão de reclamar-lhe mais desvelos... — expôs-me, de improviso, uma voz...

— Sois... Irmã Teodora?

— Sim, a mãe dele...

— Que felicidade! Louvado seja Deus! Agradeço-vos o obséquio da presença e das elucidações!

— Alegro-me de te haver sido útil. No entanto, retirar-me-ei. Um teu amigo acabou de chegar à porta da sala...

— Reitero-vos meus agradecimentos — concluí, descendo a escada, pressuroso.

Era Sebastião Rittono, colega de trabalhos mediúnicos, de campanhas assistenciais e um dos fundadores do Centro Espírita "Nova Luz", da Vila Rami.

— Olá, Chico! Tudo em ordem?

— Olá! Tudo bem! E quanto a ti, a mulher e os garotos?

— Sem problemas.

— Ótimo! Lúcia, ainda ontem, achava-se enferma, com laringite, mas Irmão Alves curou-a, esta madrugada!

— Ela esteve me contando... Que maravilha!

—Por que não entraste?

— Porque preciso atender a uma reunião da diretoria do Centro "Operários da Verdade" e...

— ... são oito e meia e essa reunião terá início às nove.

— O senhor aceita uma xícara de café? — interveio Lúcia,

retornando à sala.

— Obrigado. Não há tempo...

— Que notícias me trazes?

— De outra de nossas viagens ao Hospital Dermatológico "Dr. Francisco Ribeiro Arantes", de Pirapitingui, marcada para o dia vinte do mês próximo. O preço da passagem é módico. O ônibus sairá às sete horas, do mesmo Centro da Rua Brasil. E a turma toda vai levar, como sempre, boa cópia de material de higiene, de víveres, e um repertório de músicas, para consolo dos doentes. Gostaríamos que nos acompanhasses com o violino. Farei parte do "show", tocando violão. E, depois do almoço, assistiremos à palestra de um dos internados, alusiva à conversão e às obras de Jésus Gonçalves...

— ... o poeta de "Flores de Outono", desencarnado naquela Colônia em 16 de fevereiro de 1947!

— Exato!

— Ai... pesa-me declarar-te que não posso anuir à tua tentadora proposta... Não desta vez...

E narrei-lhe os fatos da noite anterior.

Sebastião, homem profundamente compreensivo, reconheceu o porquê da minha recusa. E, desculpando-se, partiu, de carro, direto à Vila Arens.

Quinta-feira, dia 17 de setembro, meu pai, hidrópico, febril, com as pulsações a cento e dez por minuto, não mais suportava a morfina, cujas doses foram suspensas.

Dia 19, à tarde, aparentando súbita melhora, recebeu, com lucidez invulgar, uma das costumeiras visitas de dois respeitáveis cidadãos: o comendador Hermenegildo Martinelli e o jornalista Aldo Cipolato. E nessa ocasião, declamou o poema "o Melro", de Guerra Junqueiro!

Às 17h30, caiu, repentinamente, em coma. Ao redor do leito, só a esposa, os filhos, noras e um genro lhe velavam o transe.

O estado agônico sobreveio-lhe às vinte horas e avançou até às vinte e três.

Procedida a higienização do seu corpo, Nelson Rossi, o citado genro, afastou-se, a fim de providenciar as exéquias, enquanto os demais se acercaram da mesa da sala de jantar, onde uniram os pensamentos em demorada prece....

No domingo, de manhã, fui ao Centro Espírita "Operários da Verdade", a procura de Sebastião Rittono, a quem revelei o drama vaticinado por Judite.

— Coragem, Chico. É numa emergência como esta, que o Espiritismo nos conforta o coração, pois sabemos que a vida continua...

Estamos de partida. E, dentro daquele ônibus ninguém pensa noutra coisa: a Doutrina do Consolador é uma luz que nos sustenta a fé sobre o caos, as desilusões e lágrimas do mundo!

Fique na Paz de Deus!

— Que o Mestre lhes proporcione uma jornada feliz!

Apertei-lhe a mão. Ele me sorriu e embarcou.

Aos primeiros passos de volta ao lar, fitei, extasiado, o céu azul. E tive a certeza de que, lá das Alturas, entre vapores esparsos, também Jesus me sorria, com alvitres eternos de amor e de esperança.

Nota

Apraz-me, ao epílogo desta obra, agradecer, antecipadamente, a todos os que se disponham a examinar-lhe o conteúdo, sem quaisquer preconceitos.

Afianço, aos céticos da fenomenologia mediúnica (filósofos, literatos..) que fui zeloso no afã de expor as idéias.

Não seja a repetição de termos, de página a página, como, por exemplo, os seguintes: "Graças a Deus", "Jesus nos abençoe" e outros, um sinal de fanatismo inglório de quem a escreve. Porque, a força da honestidade e da franqueza, tem maior preponderância, em cada episódio. E, quanto a este último cuidado, jamais temerei desabonos do Mestre e, muito menos, dos homens...

O médium.

PRIMEIRO Kardec

Você precisa conhecer

O Livro dos Espíritos
Allan Kardec, tradução de
J. Herculano Pires; 400 p.; cód. 190

Evangelho Segundo o Espiritismo
Allan Kardec, tradução de
J. Herculano Pires; 398 p.; cód. 169

As obras básicas são como os mananciais: com que pressa e conforto nos aproximamos dos filtros, dos galões de água, das jarras...
Mas diante dos mananciais, temos de nos ajoelhar...

O Livro dos Médiuns
Allan Kardec, tradução de
J. Herculano Pires; 403 p.; cód. 191

Pedidos ou catálago completo à Editora EME
Cx. P. 1820 - 13360-000 - Capivari-SP - Fone/Fax: (019) 491-3878